La ley de la calle

Título original: *RUMBLE FISH*

• Aguilar, Altea, Taurus, Alfaguara, S. A. de Ediciones
Beazley, 3860. 1437 Buenos Aires

• Editorial Santillana, S. A. de C. V.
Avda. Universidad, 767. Col. Del Valle, México D.F. C.P. 03100

• Distribuidora y Editora Aguilar, Altea, Taurus, Alfaguara, S. A.
Calle 80, nº 10-23, Santafé de Bogotá-Colombia

ISBN: 84-204-4858-3
Depósito legal: M-49.293-2002
Printed in Spain - Impreso en España por
Unigraf, S. L., Móstoles (Madrid)

Primera edición: 1986
Segunda edición: noviembre 1994
Trigésima edición: noviembre 2002

Diseño de la colección:
RAFA SAÑUDO, RARO, S. L.

Editora:
MARTA HIGUERAS DÍEZ

La ley de la calle

Susan E. Hinton

Traducción de Javier Lacruz

Me topé con Steve hace un par de días. Alucinó al verme. No nos habíamos visto desde hace la tira de tiempo.

Yo estaba sentado en la playa, y él se acercó y me dijo:

—¿Rusty James?

—¿Qué pasa? —le contesté yo, que no lo había reconocido a la primera.

Ando un poco jodido de memoria.

—Soy yo, Steve Hays.

Entonces me acordé y me sacudí la arena mientras me levantaba.

—¿Qué pasa, tío?

—¿Qué haces aquí? —siguió diciendo.

Me miraba como si no pudiese creérselo.

—Vivo aquí. ¿Y tú qué haces?

—Estoy de vacaciones. Voy a esta Universidad.

—¿En serio? ¿Y para qué vas a la Universidad?

—Voy a dar clases cuando salga. En

un instituto seguramente. ¡No me lo puedo ni creer! Pensaba que no volvería a verte nunca. Y menos aquí.

Supongo que los dos teníamos las mismas posibilidades de andar por allí, aunque estuviésemos muy lejos de donde nos habíamos visto la última vez. La gente flipa con cosas muy raras. Me preguntaba por qué no me alegraba de verlo.

—Así que vas a ser profesor, ¿eh?

Estaba claro. Siempre andaba leyendo y tal.

—¿Y tú qué haces? —me preguntó.

—Nada. Pasar el rato.

Pasar el rato es una profesión muy corriente por aquí. Puedes pintar, escribir, poner copas, o pasar el rato. Intenté poner copas una vez y no me enrolló.

—¡Dios mío, Rusty James! ¿Cuánto tiempo hace de aquello?

Me lo pensé un momento.

—Cinco o seis años.

Las Matemáticas nunca han sido mi fuerte.

—¿Cómo viniste a parar aquí?

Parecía que no podía pasar del tema.

—Alex, un amigo mío que conocí en el reformatorio, y yo nos pusimos a dar vueltas cuando salimos de allí. Llevamos aquí una temporada.

—¿En serio?

Steve no había cambiado nada. Tenía casi la misma pinta, menos por el bigote, que le hacía cara de chavalito invitado a una fiesta de disfraces. Pero ahora hay mucha basca que se deja bigote. A mí nunca me ha enrollado.

—¿Cuánto tiempo te pasaste allí dentro? —me preguntó—. Nunca me enteré. Ya sabes que nos fuimos de allí justo después.

—Cinco años.

No es que me acuerde mucho de eso. Ya dije que ando un poco jodido de memoria. Si alguien me da una pista, soy capaz de recordar las cosas. Pero si tengo que hacérmelo solo, más bien no. A veces Alex dice algo que nos hace acordarnos del reformatorio, pero en general no habla de eso. A él tampoco le gusta recordarlo.

—Una vez me incomunicaron —le dije a Steve, porque parecía que estaba esperando por algo.

Me miró un poco raro y dijo:

—¿Eh? Perdona.

Se había quedado mirando una cicatriz que tengo en el costado. Es como una raya blanca abultada. Nunca se pone morena.

—Me la hicieron con una navaja en una pelea —le conté—. Hace la tira de tiempo.

—Ya lo sé. Estaba yo allí.

—Es verdad.

Se me vino la pelea a la cabeza. Fue como ver una película. Steve apartó los ojos un momento. Me di cuenta de que estaba intentando pasar de las otras cicatrices. No es que salten a la vista, pero tampoco son difíciles de ver si uno sabe adónde mirar.

—¡Oye! —dijo demasiado de repente, como si estuviese tratando de cambiar de tema—, quiero que conozcas a mi chica. No se lo va a creer. No te había visto desde que teníamos... ¿trece años?, ¿catorce? Aunque no sé yo —me echó una mirada que era medio en serio, medio en broma— si dejarás en paz a las tías de los demás.

—Sí. Tengo una chica.

—O dos o tres.

—Sólo una —le contesté.

Me gustan las cosas sin complicaciones, y puedo jurar que una sola ya puede complicarte bastante.

—¿Por qué no quedamos para cenar en algún sitio? —me dijo—. Podemos hablar de los viejos tiempos. Me han pasado tantas cosas desde entonces, tío...

Le dejé que sacase a relucir aquella época y aquel sitio, aunque no me enrollaba hablar de los viejos tiempos. Ni siquiera me acuerdo de ellos.

—Rusty James... —decía él ahora—, me pegaste un buen susto cuando te vi. ¿Sabes quién creí que eras al principio?

Se me cerró el estómago como un puño, y el miedo de siempre empezó a subirme por la espalda.

—¿Sabes a quién te pareces?

—Claro —le dije, y lo recordé todo.

Me hubiera alegrado cantidad ver al viejo Steve, si no me hubiera hecho acordarme de todo.

Dos

Andaba yo vacilando por *Benny's,* mientras jugaba al billar, cuando me enteré de que Biff Wilcox quería matarme.

Benny's era el antro de los chavalitos del instituto. Los mayores solían ir por allí, pero, cuando los más pequeños se colaron dentro, se largaron a otra parte. Benny andaba muy cabreado por culpa de eso. Los chavalitos no tienen tantas pelas que gastar. Pero no podía hacer mucho más que odiarlos. Un sitio se convierte en un antro, y punto.

Por allí andaba Steve, y B. J. Jackson, y El Ahumao, y unos cuantos colegas. Yo estaba jugando al billar con El Ahumao. Seguramente iba ganando yo, porque la verdad es que jugaba bastante bien. El Ahumao estaba muy mosqueado, porque ya me debía pelas. Se llevó una alegría cuando entró El Enano y me dijo:

—Biff anda buscándote, Rusty James.

Fallé el tiro.

—Pues yo no me escondo.

Me quedé allí, apoyado en mi taco; sabía de sobra que no iba a ser capaz de acabar la partida. No puedo pensar en dos cosas a la vez.

—Dice que te va a matar.

El Enano era un chaval alto y flaco, más alto que cualquiera de nuestra edad. Por eso le llamaban El Enano.

—Decirlo no es lo mismo que hacerlo —dije yo.

El Ahumao ya estaba apartando su taco.

—Biff es un tipo asqueroso —me explicó.

—No es un duro, desde luego. ¿Por qué se ha mosqueado, de todas formas?

—Por algo que le dijiste a Anita en el instituto —dijo El Enano.

—¡Jo! Pues no dije más que la verdad.

Les conté lo que le había dicho a Anita. B. J. y El Ahumao me dieron la razón. Steve y El Enano se pusieron rojos.

—¡Mierda! —dije—. ¿Por qué tiene que ir a mosquearse por una cosa así?

Me fastidia que la gente quiera matarme por una gilipollez. Si es por algo importante, ya no me preocupa tanto.

Me acerqué a la barra y pillé un batido de chocolate. Siempre tomaba batidos de chocolate en vez de Coca-Colas o algo parecido. Esas porquerías te dejan hecho polvo por dentro. Eso me dio un poco de tiempo para pensar las cosas. Benny estaba enrolladísimo con un sandwich, y me dejó bien claro que no iba a dejar lo que estaba haciendo para lanzarse a por mi batido.

—¿Qué es lo que va a hacer entonces? Quiero decir, para matarme.

Me senté en un banco de una mesa, y El Enano se sentó en el otro y resbaló hasta ponerse enfrente de mí. Los demás se apelotonaron alrededor.

—Quiere que os encontréis en el descampado que hay detrás de la pajarería.

—Muy bien. Supongo que vendrá solo, ¿no?

—Yo no me fiaría —dijo El Ahumao.

Intentaba decirme que estaba de mi lado, para que me olvidase de aquel lío de partida.

—Si va a aparecer con su basca, yo también apareceré con la mía.

No me daba miedo pelearme con Biff, pero tampoco me apetecía hacer el imbécil.

—Vale, pero ya sabes cómo va a terminar eso —dijo Steve, metiendo baza—. Todo el mundo acabará peleándose. Si él se lleva a su gente, y tú te llevas a la tuya...

Steve siempre era muy prudente para todo.

—Si crees que me voy a ir solo a ese descampado —le dije—, estás pirao.

—Pero...

—Mira, tío, Biff y yo arreglaremos

esto los dos solos. Vosotros sólo haréis de espectadores, ¿vale? No va a pasar nada porque haya espectadores.

—Sabes de sobra que la cosa no va a acabar así.

Steve tenía catorce tacos, como yo. Aparentaba doce. Y funcionaba como si tuviera cuarenta. A pesar de todo, era mi mejor amigo, por eso podía decir cosas que otros hubieran pagado muy caro.

—Maldita sea, Rusty James, hacía cantidad de tiempo que no nos metíamos en un lío así.

Tenía miedo de que acabase siendo una pelea entre dos bandas. Hacía años que no había habido por allí una auténtica pelea en condiciones. Que yo supiera, Steve nunca había participado en ninguna. Nunca he podido entender que la gente tenga miedo de cosas de las que no sabe nada.

—No tienes que aparecer por allí —le dije.

Todos los demás tenían que ir para no perder su buena fama. Steve no tenía fama de nada. Era mi mejor amigo. Con eso bastaba.

—Sabes que voy a ir —me dijo cabreado—. Pero ya sabes lo que dijo el Chico de la Moto de las bandas...

—Pero ahora no está aquí —le contesté—. Lleva dos semanas sin aparecer. Así que mejor no me hables del Chico de la Moto.

B. J. metió baza.

—Pero ni siquiera nos peleamos con la banda de Biff, cuando íbamos por ahí montando bronca. Eran nuestros aliados. Acordaros de cuando se echaron encima de Wilson en el territorio de los Tigres.

Y ahí empezó una discusión sobre a quién se le había echado encima, cuándo, dónde y por qué. A mí no me hacía falta pensar en eso, de todas formas recordaba perfectamente todas esas historias. Pero necesitaba pensar cómo iba a enfrentarme con Biff, así que no estaba muy atento cuando alguien dijo:

—De todas manera, cuando el Chico de la Moto vuelva...

Pegué un bote, y estrellé mi puño contra la mesa con tanta fuerza que la de al lado temblequeó, y Benny paró de silbar y de preparar su sandwich. Todos los demás se quedaron sentados, como conteniendo la respiración.

—El Chico de la Moto no ha vuelto —dije.

No veo nada claro cuando me cabreo. Me temblaba la voz.

—No sé cuándo va a volver, si es que vuelve. Así que, si queréis pasaros el resto de vuestra vida esperando a ver qué dice, de puta madre. Pero yo voy a machacarle las tripas a Biff Wilcox esta noche, y me parece que debería llevarme algunos amigos.

—Allí estaremos —dijo El Ahumao; me miraba con aquellos ojos suyos tan raros y descoloridos, de los que le venía el mote—. Pero vamos a intentar que la cosa se quede entre vosotros dos, ¿vale?

Yo estaba demasiado cabreado para decir nada. Salí dando un portazo. Como a los cinco segundos, oí pasos detrás de mí y ni siquiera me di la vuelta, porque estaba seguro de que era Steve.

—¿Se puede saber qué te pasa? —me preguntó.

—Dame un pitillo.

—Ya sabes que nunca tengo.

—Es verdad. Me olvidaba.

Me puse a rebuscar, y encontré uno en el bolsillo de mi camisa.

—¿Cuál es el problema? —me preguntó Steve otra vez.

—Ninguno.

—¿Que el Chico de la Moto no esté aquí?

—No empieces a darme la coña.

Se quedó callado un rato. Una vez me había estado dando el coñazo cuando no debía, y yo le había dejado sin aire de un puñetazo. Luego lo sentí mucho, pero yo no tuve la culpa. Debería haber sabido que no se me puede incordiar cuando me cabreo.

—Afloja un poco, ¿vale? —dijo al final—. Me vas a dejar sin piernas.

Me paré. Estábamos en el puente, justo donde el Chico de la Moto solía pararse a mirar el agua. Tiré la colilla al río. Estaba tan lleno de mierda que un poco más no iba a hacerle ningún daño.

—Has estado haciendo cosas raras

todo el rato, desde que se fue el Chico de la Moto.

—Se ha marchado más veces —le dije.

Me cabreo en seguida, pero también se me pasa en seguida.

—Tanto tiempo, no.

—Dos semanas. No es mucho tiempo.

—A lo mejor se ha marchado para siempre.

—Corta el rollo, ¿vale?

Cerré los ojos. La noche anterior había andado por ahí hasta las cuatro y estaba un poco cansado.

—Este barrio es una mierda —dijo Steve de repente.

—Tampoco son los bajos fondos —le contesté sin abrir los ojos—. Hay sitios peores.

—No he dicho que fueran los bajos fondos, sino que es una mierda. Y lo es.

—Si no te gusta, cámbiate.

—Lo haré. Algún día lo haré.

Pasé de escucharle. No me parece que sirva para nada pensar en el futuro.

—Tienes que afrontar que el Chico de la Moto puede haberse marchado para siempre.

—No tengo que afrontar nada —le dije sin ganas.

Suspiró y se quedó mirando al río.

Una vez vi un conejo en un zoo. Mi viejo me llevó en autobús hace cantidad de tiempo. Me encantó aquel zoo. Intenté ir solo otra vez, pero era pequeño y me perdí cuando tuve que cambiar de autobús. Nunca llegué a tratar de volver. Pero me acordaba muy bien de él. Los animales me recuerdan a las personas. Steve parecía un conejo. Tenía el pelo de un rubio oscuro, los ojos muy marrones, y cara de auténtico conejo. Era más listo que yo. Yo nunca he sido especialmente listo. Pero me las apaño.

Me preguntaba por qué Steve era mi mejor amigo. Le dejaba venirse con nosotros, les paraba los pies a los demás para que no le pegasen, y escuchaba todos sus problemas. ¡Dios, cómo se preocupaba aquel chaval por todo! Hacía todo eso por él, y a veces él me hacía los deberes de Matemáticas y me dejaba copiar los rollos de Historia, así que nunca cargué curso. Pero a mí no me importaba cargar, conque no era mi mejor amigo por eso. A lo mejor era porque le conocía desde hacía más tiempo que a cualquiera que no fuera pariente mío. Para ser un duro, tenía la fea costumbre de dejarme enganchar por los demás.

Tres

Cuando Steve tuvo que irse a casa, me pasé por la de mi chica. Sabía que estaría, porque su madre era enfermera y trabajaba de noche, y Patty tenía que quedarse cuidando a sus hermanos pequeños.

—Se supone que no debo recibir visitas cuando no está mi madre.

Y allí se quedó, cerrándome el paso, sin moverse un pelo para dejarme entrar.

—¿Desde cuándo?

—Desde hace mucho tiempo.

—Pues antes no te cortabas nada —le dije.

Estaba cabreada por algo. Quería empezar una discusión. No es que estuviese cabreada porque yo me pasase a verla cuando no se lo esperaba, pero eso era por lo que quería montarme la bronca. Era como si, siempre que nos peleábamos, nunca fuese por lo que estaba cabreada de verdad.

—No nos hemos visto desde hace tiempo —dijo en plan cortante.

—Tenía cosas que hacer.

—Eso me han dicho.

—Venga, tía —le dije—. ¿Por qué no hablamos de eso dentro?

Se quedó mirándome un buen rato, y luego dejó la puerta abierta. Sabía que lo haría. Estaba loca por mí.

Nos sentamos y vimos un rato la tele. Los hermanos de Patty se turnaban para pegar botes en la otra silla de la habitación.

—¿Qué has estado haciendo?

—Nada de particular. El Ahumao, su primo y yo anduvimos por el lago.

—No me digas... ¿Os llevasteis alguna chica?

—¿De qué me estás hablando? ¿Si nos llevamos alguna chica? Pues no.

—Vale —dijo, mientras se dejaba caer en mis brazos.

Cuando empezamos a darnos el lote, uno de los mocosos se puso a gritar: «Se lo voy a decir a mamá», hasta que le juré que iba a partirle el coco.

Pero, después de eso, me quedé allí sentado, sin hacer otra cosa que abrazarla y besarle de vez en cuando la parte de arriba del pelo. Lo tenía rubio, con las raíces oscuras. Me gustan las rubias. Me da igual cómo lo consiguen.

—Rusty James.

Pegué un bote.

—¿Me he quedado dormido?

El cuarto estaba a oscuras, menos por el resplandor blanco y negro de la tele.

—¿Es de día o de noche?

Estaba hecho un lío. Todavía tenía la sensación de estar dormido o algo así.

—Es de noche. Te has portado muy bien, chaval.

Tenía escalofríos. Entonces me acordé de todo.

—¿Qué hora es?

—Las siete y media.

—Mierda —dije a la vez que me levantaba—. He quedado para pelearme con Biff Wilcox a las ocho. ¿Tienes algo de beber por ahí?

Entré en la cocina, y anduve mirando en la nevera. Di con una lata de cerveza, y me la bebí de un trago.

—Ahora mamá pensará que me la he bebido yo. Muchísimas gracias.

Parecía como que iba a echarse a llorar.

—¿Qué te pasa, bonita?

—Dijiste que ibas a dejar de pasarte el rato peleando.

—¿Desde cuándo?

—Desde que le diste aquella paliza a Skip Handly. Me prometiste que no ibas a pasarte todo el rato peleando.

—Es verdad. Pero, bueno, esto no es todo el rato. Es sólo una vez.

—Siempre dices lo mismo.

Estaba llorando. La hice recular contra la pared, y la achuché un poco.

—Te quiero, nena —le dije, y la solté.

—Me gustaría que dejases de pelearte todo el rato.

Ya no lloraba. Era la chica a la que le resultaba más fácil dejar de llorar de todas las que yo conocía.

—¿Y tú qué? —le pregunté—. No hace mucho saliste corriendo detrás de Judy Mc Gee con una botella de gaseosa rota.

—Estaba coqueteando contigo.

A veces Patty era una auténtica arpía.

—Yo no tengo la culpa.

Agarré mi cazadora de camino hacia la puerta. Me paré y le di un besazo bien largo. Cosa bonita; parecía una flor con todo el pelo revuelto.

—Ten cuidado —me dijo—. Te quiero.

Le dije adiós con la mano, y bajé el porche de un salto. Pensé que a lo mejor me daba tiempo de pasarme por mi casa y pegar un buen trago de vino, pero, al pasar por *Benny's,* vi a todo el mundo esperando por mí, así que entré.

Había más basca por allí que por la tarde. Me imaginé que se había corrido la bola.

—Estábamos a punto de pasar de ti —dijo El Ahumao.

—Será mejor que te andes con ojo —le avisé—, o me iré calentando contigo.

Conté a mis colegas, y decidí que deberían aparecer por el descampado unos seis. No vi a Steve, pero no me preocupé. No podía salir mucho de noche.

—Dividiros, y ya nos encontraremos allí —les expliqué—, o la pasma nos seguirá la pista.

Me marché con El Ahumao y B. J. Me encontraba de puta madre. Me encantan las peleas. Me flipa la sensación que tengo antes, como de subida, como si fuese capaz de hacer cualquier cosa.

—Afloja un poco —dijo B. J.—. Sería mejor que reservaras tus fuerzas.

—Si no estuvieses tan gordo, serías capaz de seguirnos.

—No empieces con eso otra vez.

Estaba gordo, pero también era fuerte. Los gordos fuertes no son tan raros como uno podría pensar.

—Esto es como en los viejos tiempos, ¿verdad, tío? —le dije.

—No sé qué decirte —me contestó El Ahumao.

Las peleas le ponían nervioso. Antes de una, se quedaba cada vez más callado, y siempre le sacaba de sus casillas que yo gritase cada vez más. De todas formas había una especie de tensión entre nosotros. Habría sido el tipo más duro de nuestro barrio, si no hubiera sido por mí. A veces se le notaba que estaba pensando en pelearse conmigo. De momento o me tenía miedo o no quería perder a sus amigos.

—Es verdad —le dije—. Antes de que te metieses en esto, ya se había acabado todo.

—¡Y una mierda! La historia de las bandas ya se había pasado de moda cuando tú tenías diez años, Rusty James.

—Once. Me acuerdo perfectamente. Yo estaba en Los Benjamines.

Los Benjamines era la rama mocosa de la banda local, Los Empaquetadores. Ahora ya no se llevaba nada el rollo de las pandillas.

—En aquella época —le dije—, una pandilla todavía significaba algo.

—Significaba que te mandasen al hospital una vez a la semana.

Así que estaba nervioso. Pues yo también. Al fin y al cabo yo era el que iba a pelearme.

—Casi hablas como un gallina, Ahumao.

—Casi hablo como un tío sensato.

Me quedé callado. Me hizo falta cantidad de autocontrol, pero me quedé callado. El Ahumao se puso nervioso, porque no es muy corriente en mí que me quede callado.

—Mira, tío —dijo—. Yo voy a ir, ¿o no?

Supongo que sólo pensar que iba a ir de verdad, lo envalentonó otra vez, porque siguió diciendo:

—Si crees que esto va a acabar en bronca total es que estás pirao. Tú y Biff os lo vais a hacer solos, y los demás vamos a quedarnos mirando. No creo que vaya a aparecer mucha gente sólo para eso.

—Seguramente —le dije, mientras lo escuchaba sólo a medias.

Habíamos llegado a la pajarería. Torcimos por el callejón que corría a lo largo de ella, nos metimos a gatas por un agujero de la valla trasera, y salimos al descampado que daba directamente hacia el río. El descampado estaba húmedo y apestaba. Los alrededores siempre apestan por culpa del río, pero allí aún era peor. Más abajo, un puñado de instalaciones y de fábricas soltaban sus basuras en el agua. Si vives allí una temporada, no notas el olor. Pero en aquel descampado es superfuerte.

El Ahumao tenía razón; sólo cuatro chavales de los que había en *Benny's* estaban allí, esperando por nosotros.

B. J. echó un vistazo alrededor, y dijo:

—Creí que Steve iba a venir.

Lo dijo en plan borde. Nunca pudieron entender por qué dejaba que Steve anduviese con nosotros.

—A lo mejor llega tarde —dije yo.

La verdad es que no esperaba que apareciera más que porque él había dicho que lo haría.

Al otro lado del campo estaban Biff y su pandilla. Los conté, tal como me había enseñado a hacerlo el Chico de la Moto. Mejor saber todo lo que se pueda sobre el enemigo. Eran seis. Estaba tan colocado de pura excitación que no podía estarme quieto.

—¡Rusty James!

Era Biff, que cruzaba el descampado para salirme al encuentro. No podía esperar, tío. Iba a hacerlo polvo. Era como si mis puños se muriesen de ganas de golpear algo.

—¡Estoy aquí! —grité.

—No por mucho tiempo, chulo de mierda —dijo Biff.

Estaba lo bastante cerca como para distinguirlo muy bien. La vista se me agudiza mucho antes de una pelea. Todo se me agudiza mucho antes de una pelea, como si con un pequeño esfuerzo pudiera echarme a volar. En cambio, durante la pelea, casi me quedo ciego; todo se vuelve rojo.

Biff tenía dieciséis tacos, pero no estaba más crecido que yo. Era fortachón, los brazos le colgaban de los hombros como a un mono. Tenía careto de bull-dog, y el pelo rubio, como de alambre. Bailoteaba por allí, todavía peor que yo.

—Se ha comido unas anfetas —dijo El Ahumao detrás de mí.

No me gusta un pijo pelearme con gente colocada. Se ponen como locos. Uno ya se vuelve bastante loco sin haberse colocado. Te pones a currarte con un tipo que se haya tragado unas anfetas con *sneaky pete,* y ya nadie puede asegurar si te lo vas a cargar. Tu única ventaja es un poco más de control. Yo sigo la regla de no colocarme nunca. Las drogas echaron a perder las pandillas.

Biff tenía un buen ciego. La luz de las farolas rebotaba en sus ojos de una manera que le hacía pinta de loco.

—Me dijeron que andabas buscándome —le dije—. Y aquí estoy.

Había hecho eso miles de veces. Solía meterme en peleas una vez a la semana. Y no había perdido ni una en casi dos años. Pero Biff era más fuerte que los chavales a los que estaba acostumbrado. Si hubiese durado la guerra entre bandas, él habría sido el jefe de Los Halcones del Diablo. Y no le gustaba que nadie lo olvidase. Ni siquiera puedes contar con que vas a hacer polvo a un mocoso de séptimo curso, así que cuando te enfrentas con alguien como Biff Wilcox tienes que pensártelo dos veces.

Empezamos a calentarnos soltando palabrotas, insultos y amenazas. Esas eran las reglas. No tengo ni idea de quién las inventó.

—Venga, tío —dije por fin.

Me gusta ir al grano.

—Hazme una pasada.

—¿Que te haga una pasada?

Biff echó la mano al bolsillo de atrás y salió un relámpago de plata.

—Te voy a hacer trizas.

Yo no llevaba navaja. En esa época la basca en general ya no se peleaba con navajas. Yo solía llevar una navaja automática, pero me pillaron con ella en el instituto y me la quitaron, y no me había dado tiempo a ligar otra. Biff debería haberme avisado de que iba a ser una pelea con navajas. ¡Aquello me jodió cantidad! La gente ya pasa de las reglas.

Los colegas de Biff le daban ánimos y pegaban gritos, y los míos protestaban.

—¿Nadie me presta una navaja?

Todavía creía que podía ganar. Bill no hubiera sacado una navaja si hubiese creído que podía ganar limpiamente. Lo único que tenía que hacer era igualar las cosas.

Nadie llevaba una navaja encima. Eso es lo que pasa cuando las pandillas dejan de pelearse. La basca nunca está preparada.

—Toma una cadena de bici —dijo alguien.

Y eché la mano hacia atrás para cogerla, sin apartar los ojos de Biff.

Como yo me esperaba, intentó aprovechar a tope ese momento, arremetiendo contra mí. De todas formas, me dio tiempo a agarrar la cadena, esquivar la navaja y adelantar el pie para echarle la zancadilla. El sólo dio un traspié y giró rápidamente para tratar de acuchillarme. Yo metí la barriga, le eché la cadena al cuello y lo tiré al suelo. Lo único que quería hacer era quitarle la navaja. Ya lo mataría después. Lo primero es lo primero. Le salté a la chepa, le agarré el brazo cuando me hizo otra pasada y nos peleamos por la navaja un rato que se me hizo eterno. Me arriesgué a algo que creí que valía la pena: traté de sujetarle la mano en la que tenía la navaja con un brazo y usé el otro para aplastarle la cara. Funcionó, él perdió el control de la navaja el tiempo necesario para que yo pudiese quitársela. Cayó a pocos pasos de nosotros, pero lo bastante lejos como para que no me molestase en intentar cogerla. Más valió así. Si hubiera llegado a controlarla habría matado a Biff. La verdad es que ya le estaba sacando los sesos a golpes. Si se hubiese olvidado de aquella maldita navaja, aún habría tenido una oportunidad; era mayor que yo e igual de fuerte. Pero no había venido a pelear limpiamente, así que, en vez de devolverme la pelota, seguía tratando de soltarse y gatear hasta la navaja. Poco a poco empecé a tranquilizarme, el velo rojo que lo cubría todo desapareció, y les oí gritar y chillar a todos. Miré a Biff. Tenía toda la cara hinchada y llena de sangre.

—¿Te rindes?

Me senté cómodamente en su barriga y esperé. No me fiaba ni un pelo de él. No dijo nada, se quedó allí tirado, respirando profundamente, y vigilándome con el ojo que no tenía hinchado. Todo el mundo se había quedado callado. Se notaba que sus colegas estaban en tensión, como si fuesen una jauría de perros a punto de que los soltasen. Una sola palabra de Biff bastaría. Le eché un vistaso al Ahumao. Estaba listo. Mis colegas lucharían, aunque no les hiciese mucha gracia la idea.

—¿Qué pasa aquí? —dijo entonces una voz que yo conocía muy bien—. Creía que habíamos hecho un trato.

El Chico de la Moto había vuelto. Le despejaron el paso. Todo el mundo seguía callado.

Me levanté. Biff salió rodando y se

quedó a unos pies de mí, soltando palabrotas.

—Creía que habíamos acabado con esta historia de indios y vaqueros —dijo el Chico de la Moto.

Oí cómo Biff se arrastraba hasta conseguir incorporarse, pero no le hice ni pizca de caso. Normalmente no soy tan estúpido, pero no podía apartar la vista del Chico de la Moto. Pensaba que se había marchado para siempre. Estaba casi seguro de eso.

—¡Cuidado! —gritó alguien.

Me volví de repente y sentí que un cuchillo de frío me recorría el costado. Llevaba intención de rajarme desde la garganta hasta la barriga, pero me había movido justo a tiempo. No me dolió. Al principio ni siquiera sientes el corte.

Biff se quedó a unos pasos de mí, riéndose como un loco. Estaba limpiando la sangre de su navaja contra su camiseta salpicada.

—Eres hombre muerto, Rusty James.

Su voz sonaba rara, como espesa, por culpa de su nariz hinchada. Había dejado de bailotear y estaba claro, por su forma de moverse, que le dolía la tira. Pero por lo menos estaba de pie, y yo no iba a durar mucho así. Estaba helado y veía todo borroso por los bordes. Me habían acuchillado antes, y sabía lo que se sentía cuando uno sangra más de la cuenta.

El Chico de la Moto apretó el paso, agarró a Bill por la muñeca y se la dobló hacia atrás. Se oyó un chasquido como de cerilla. Se la había roto, segurísimo.

El Chico de la Moto recogió la navaja automática de Biff, y se quedó mirando la sangre que corría por las cachas. Todo el mundo estaba paralizado. Sabían lo que él había dicho de acabar con las peleas entre pandillas.

—Me parece —dijo en plan pensativo— que el espectáculo se ha terminado.

Biff sujetaba su muñeca con el otro brazo. Soltaba palabrotas en voz baja, casi susurrando. Los demás se iban marchando en grupos de dos o tres; iban alejándose poco a poco, más callados que cualquiera que se fuese de un campo de batalla.

Allí estaba Steve, a mi lado.

—¿Estás bien?

—¿Cuándo llegaste? —le preguntó El Ahumao; luego se dirigió a mí—. Te han herido, tío.

El Chico de la Moto estaba detrás de ellos, alto y oscuro como una sombra.

—Creí que te habías ido para siempre —le dije.

Se encogió de hombros.

—Así era.

Steve recogió mi cazadora de donde yo la había tirado al suelo.

—Sería mejor que fueses al hospital, Rusty James.

Le eché un vistazo a la mano que tenía apretada contra el costado. Vi que El Ahumao me estaba mirando.

—¿Por esto? —dije despectivamente—. Esto no es nada.

—Pero quizá sería mejor que te fueses a casa —dijo el Chico de la Moto.

Dije que sí con la cabeza. Y pasé un brazo por encima de los hombros de Steve.

—Ya sabía yo que ibas a aparecer.

Sabía que me habría caído, si no me hubiera apoyado en él, pero no lo demostró. Steve era buen chaval, aunque leyese demasiado.

—Tengo que volver sin que me vean —dijo Steve—. Me matarían si se enteraran. Creí que Biff iba a matarte, chaval.

—Al revés. Era Biff el que iba a salir mal parado.

Me di cuenta de que el Chico de la Moto se estaba riendo. A mí ni se me hubiese ocurrido tomarle el pelo. Intenté no apoyarme demasiado en Steve. El Ahumao vino andando con nosotros hasta que llegamos a su barrio. Supongo que le había convencido de que no iba a caerme muerto.

—¿Dónde has estado? —le pregunté al Chico de la Moto.

Había estado fuera dos semanas. Había robado una moto y se había largado. Todo el mundo lo llamaba el Chico de la Moto porque le flipaban las motos. Era una especie de título o algo así. Seguramente yo era uno de los pocos del barrio que sabían su verdadero nombre. Tenía esa fea costumbre de coger prestadas las motos y darse una vuelta sin decírselo a los dueños. Pero ésa era una de las cosas que podía hacer por todo el morro. La verdad es que podía hacer por el morro lo que le diera la gana. Cualquiera pensaría que podía tener su propia moto, pero nunca la había tenido y nunca la tendría. Era como si no quisiese tener nada suyo.

—En California —me contestó.

—¿De verdad? —alucinaba, tío—. ¿Y has visto el mar y todo lo demás? ¿Y qué tal?

—No pasé del río, chaval.

No sabía lo que quería decir. Me pasé un buen rato tratando de entenderlo. Era como cuando, hacía años, nuestra banda, Los Empaquetadores, tenía montada una buena bronca con la de al lado. El Chico de la Moto, que era el jefe, había dicho:

—Vamos a conseguir rápidamente el objetivo por el que estamos luchando.

Y todo el mundo se moría de ganas de salir a pelear a vida o muerte; entonces un tipo (no me acuerdo del nombre, ahora está en la cárcel) dijo:

—Estamos luchando porque esta calle sea nuestra.

—¡Y una mierda! —dijo entonces el Chico de la Moto—. Peleamos para divertirnos.

Siempre veía las cosas de distinta forma que todo el mundo. Me hubiera ayudado mucho si hubiese podido entender lo que quería decir.

Trepamos por las escaleras de madera que subían por fuera de la tintorería hasta nuestra casa. Steve me apoyó sobre la barandilla del descansillo. Me quedé colgado sobre ella.

—No tengo llave —dije.

Así que el Chico de la Moto forzó la cerradura y entramos.

—Sería mejor que te echaras —me dijo.

Me eché sobre el camastro. Teníamos un colchón y un camastro. Nos daba igual echarnos en uno o en otro.

—¡Estás sangrando cantidad, chaval! —dijo Steve.

Me incorporé y me saqué la camiseta. Estaba empapada de sangre. La tiré a un rincón donde estaba el resto de la ropa sucia, y examiné mi herida. Tenía una raja en el costado. Casi me llegaba a las costillas. Se veía brillar el hueso por debajo. Era un mal corte.

—¿Dónde está el viejo? —preguntó el Chico de la Moto.

Estaba echándoles un vistazo a las botellas que había en el fregadero. Encontró una que todavía tenía algo de vino.

—Dale un trago —me dijo.

Sabía lo que se me venía encima. No es que me hiciese ilusión, pero tampoco me daba miedo. El dolor no me impresiona mucho.

—Echate y aguanta.

—El viejo no ha venido todavía —le

contesté mientras me echaba del lado bueno y agarraba bien fuerte la cabecera del camastro.

El Chico de la Moto echó el resto del vino encima del corte. Dolía la hostia. Contuve la respiración, y conté y conté y conté, hasta que estuve seguro de que podía abrir la boca sin ponerme a gritar.

El pobre Steve estaba blanco.

—¡Dios! Eso debe doler —susurró.

—No tanto como parece —dije yo, pero me salió la voz ronca y rara.

—Debería verlo un médico —dijo Steve.

El Chico de la Moto se sentó contra la pared. No había ni rastro de expresión en su cara. Se quedó con la vista fija en Steve, hasta que el pobre chaval empezó a ponerse nervioso. De todas formas, el Chico de la Moto no estaba viéndolo. Veía cosas que el resto de la gente no podía ver, y se reía cuando no había nada de gracioso. Tenía unos ojos raros, que me recordaban un espejo falso. Como si pudieses sentir que alguien te estaba observando desde el otro lado, pero lo único que vieras fuera tu propio reflejo.

—Otras veces ha sido peor —dijo el Chico de la Moto.

Era verdad. Me habían pegado un buen tajo dos o tres años antes.

—Pero se le puede infectar —dijo Steve.

—Y me tendrán que rebanar el costado —añadí.

No debería haberle tomado el pelo. Sólo estaba tratando de ayudar.

El Chico de la Moto seguía sentado mirando al infinito en silencio.

—Está cambiado —me dijo Steve.

A veces el Chico de la Moto se volvía completamente sordo; había tenido cantidad de conmociones por accidentes de moto.

Lo miré, intentando saber qué era lo que había cambiado. Parecía que no nos veía a ninguno de los dos mientras lo observábamos.

—Es el moreno —dijo Steve.

—Claro, supongo que uno se pone moreno en California.

No era capaz de imaginarme al Chico de la Moto en California, cerca del mar. Le gustaban los ríos, no el mar.

—¿Sabes que me expulsaron del instituto? —dijo el Chico de la Moto, como llovido del cielo más claro y más azul.

—¿Y cómo?

Empecé a incorporarme y cambié de opinión. Siempre estaban amenazando con expulsarme. Me habían castigado por llevar aquella navaja. Pero el Chico de la Moto nunca les había dado problemas. Una vez hablé con un tío que estaba en su clase. Me dijo que el Chico de la Moto se limitaba a quedarse allí sentado y nunca les daba problemas, sólo que un par de profesores no podían soportar que los mirase fijamente.

—¿Por qué te expulsaron? —le pregunté.

—Por unos exámenes perfectos.

Siempre podías sentir una especie de risa a su alrededor, justo debajo de la superficie, pero esta vez salió a relucir y se sonrió. Fue un flash lejano, como un relámpago.

—Entregué unos exámenes perfectos este semestre —meneó la cabeza—. No lo puedo entender, tío. Un mal instituto de barrio como ése... Ya tienen bastante que aguantar.

Yo estaba alucinado. Y eso que no me sorprendo fácilmente.

—Pero eso no es justo —dije por fin.

—¿Desde cuándo esperas que algo sea justo? —me preguntó.

El tono no era amargo, sólo un pelín curioso.

—Vuelvo dentro de un rato —dijo mientras se ponía de pie.

—Me había olvidado de que seguía en el instituto —dijo Steve cuando se fue—. Parece tan mayor que me olvido de que sólo tiene diecisiete años.

—Ya es suficiente.

—Ya, pero parece un tío muy mayor, como de veinte o por ahí.

No dije nada. Me puse a pensar... Cuando el Chico de la Moto tenía catorce tacos ya parecía mayor. Cuando tenía catorce, como yo, podía pedir cerveza. Dejaron de pedirle el carnet de identidad a los catorce... Y también era jefe de Los Empaquetadores. Los tíos de dieciocho, mayores que él, hacían todo lo que dijera. Yo creía que a mí iba a pasarme lo mismo. Creía que sería fenomenal estar en B.U.P. y tener catorce tacos; que sería cojonudo tener esa edad. Pero siempre que llegaba al punto donde él ya había estado, no había cambiado nada, sólo que él había ido aún más lejos. A mí tenía que haberme pasado lo mismo.

—Steve, acércame el espejo que el viejo usa para afeitarse. Está allí, al lado del fregadero.

Cuando me lo acercó me puse a estudiar la pinta que tenía.

—Somos igualitos —dije.

—¿Quiénes?

—El Chico de la Moto y yo.

—Para nada.

—Que sí, tío.

Teníamos el pelo del mismo color, de un rojo oscuro bastante raro, como gaseosa de cerezas negras. Nunca he visto a nadie más con el pelo de ese color. Nuestros ojos también eran iguales, del color de una tableta de chocolate. Medía seis pies y una pulgada, pero yo ya estaba alcanzándole.

—¿En qué nos diferenciamos entonces? —dije por fin.

Sabía que había una diferencia: la gente lo miraba, se paraba, y volvía a mirarlo. Parecía una pantera o algo así. En cambio, yo sólo parecía un chaval fuerte, demasiado grandón para mi edad.

—Pues... —dijo Steve; me gustaba aquel chaval, se pensaba las cosas—, el Chico de la Moto... no sé. Nunca sabes lo que está pensando, pero siempre sabe perfectamente lo que piensas tú.

—¿En serio? —le dije mirándome al espejo.

Tenía que haber algo más.

—Tengo que irme a casa, Rusty James. Si se dan cuenta de que no estoy, me van a matar, tío. A matar...

—Quédate un rato.

Me daba miedo que se fuera. No me aguantaba a mí mismo. Eso es lo único que me da miedo, francamente. Si nadie se quedaba en casa, me quedaría levantado toda la noche, por las calles donde hubiera alguna gente. No me importaba que me rajasen. No podía aguantarme allí solo, pero tampoco estaba muy seguro de poder andar.

Steve estaba incómodo y no paraba de moverse de acá para allá. Era una de las pocas personas que sabían mi problema. No voy contándoselo a la gente.

—Sólo un ratito —le dije—. El viejo debería estar aquí en seguida.

—Vale —dijo por fin.

Se sentó donde había estado el Chico de la Moto. Al rato me quedé medio dormido. Era como volver a vivir toda la pelea a cámara lenta. Sabía que estaba medio dormido, pero no podía parar de soñar.

—Nunca pensé que se iría hasta el mar —le dije a Steve.

Pero Steve no estaba. El que estaba leyendo un libro era el Chico de la Moto. Se pasaba la vida leyendo. Yo creía que cuando fuera mayor tampoco me costaría leer libros, pero ahora sé que sí.

La sensación que tenía cuando veía al Chico de la Moto leyendo era distinta de la que tenía al ver a Steve. No sé por qué.

El viejo también había vuelto, y estaba soltando ronquidos en el colchón. ¿Cuál de los dos habría llegado primero? No tenía ni idea de la hora que era. Las luces estaban encendidas todavía. Nunca sé qué hora es cuando duermo con las luces encendidas.

—Creí que te habías ido para siempre —le dije.

—¡Qué va! —ni siquiera levantó la vista, y por un momento me pareció que todavía estaba soñando—. Echaba esto de menos.

Hice mentalmente una lista de la gente que me enrollaba. Es una cosa que hago muy a menudo. Me pone bien pensar en la gente que me gusta; no me siento tan solo. Me preguntaba si quería a alguien. A Patty, claro. Al Chico de la Moto. A mi padre, más o menos. A Steve, también más o menos. Luego pensé en la gente con la que creía que podía contar de verdad, y no me salió nadie, pero no me resultó tan deprimente como parece.

Estaba tan contento porque el Chico

de la Moto hubiese vuelto... Era el tío más cojonudo del mundo. Aunque no hubiera sido mi hermano, me lo hubiese parecido.

Y yo iba a ser igualito que él.

Cuatro

Al día siguiente fui al instituto. Andaba bastante chungo y sangraba de vez en cuando, pero solía ir al instituto siempre que podía. Era donde veía a todos mis amigos.

Llegué tarde y tuve que conseguir un pase, y acabé perdiéndome la clase de Matemáticas. Así que no me enteré de que Steve faltaba hasta que no apareció a la hora del bocadillo. Anduve preguntando por él, y Jeannie Martin me contó que no había venido porque a su madre le había dado un ataque o algo así. Me quedé preocupado. Esperaba que no le hubiese dado el ataque porque Steve hubiera salido de casa sin avisar. Sus padres eran un poco raros. Nunca le dejaban hacer nada.

A Jeannie Martin no le hacía mucha ilusión hablar conmigo. Le gustaba Steve. Pobre chaval. Nunca se hubiera creído que ella le volcaba la silla en clase de Lengua porque le gustaba. Todavía no sabía de qué iba el rollo con las tías. ¡Y tenía catorce tacos! De todas maneras, él le gustaba, y en cambio yo no, porque pensaba que iba a convertirlo en un quinqui. Pero ni de coña. Lo conocía desde hacía no sé cuánto tiempo, y a nadie le parecía un quinqui. Pero vete tú a explicárselo.

Así que me fui al sótano y estuve jugando al póker con B. J. y El Ahumao; perdí cincuenta centavos.

—Tenéis que hacer trampas, tíos —les dije—. No puedo tener tan mala suerte todo el rato.

B. J. me echó una sonrisita.

—Lo que pasa es que eres mal jugador, Rusty James.

—Para nada.

—Sí, señor. Cada vez que tienes buen juego, te cachamos. Y cada vez que lo tienes malo, también. No vas a ganarte la vida jugando, tío.

—No digas gilipolleces. Esas cartas estaban marcadas.

Sabía que no, pero no me creía las estupideces que estaba soltándome. Sólo quería chulearse por haber ganado.

En clase de gimnasia me quedé por allí viéndoles entrenar al baloncesto. Yo no estaba para jugar. Ryan, el entrenador, me preguntó al fin por qué, y le dije que no me apetecía. Creí que podríamos dejarlo ahí. Ryan siempre estaba tratando de enrollarse bien conmigo. Me dejaba hacer lo que me diera la gana. Era como si fuese a convertirse en una estrella siendo colega mío, como si tuviese un perro vicioso o algo parecido.

—Rusty James —dijo después de echar un vistazo alrededor, para estar seguro de que no nos oía nadie—, ¿quieres ganarte cinco dólares?

Me quedé mirándolo. Nunca se sabe...

—Price me ha dado muchos problemas últimamente.

—Ya.

Don Price era un sabelotodo, un auténtico bocazas. Yo también, pero eso no quiere decir nada. El sacaba a la gente de quicio. Era un chaval realmente insoportable.

—Si le pegas una buena paliza, te doy cinco dólares.

Hubiera sido muy fácil. Sabía dónde vivía, podía echarme encima de él cualquier tarde. Con la fama que yo tenía, nadie se preguntaría por qué. Era exactamente la clase de imbécil al que me gustaría currarle bien.

Seis meses antes, un tipo le había ofrecido cuatrocientos dólares al Chico de la Moto por cargarse a alguien. Es la pura verdad. El pasó. Dijo que, si mataba a alguien, no sería por pelas.

—No puedo pelear en una temporada.

Tiré de mi camiseta de gimnasia para que viese por qué.

—¡Jo, tío!

Ya veis, con treinta años, y diciendo:

«¡Jo, tío!». Tampoco lo habían educado para decir esas cosas.

—¿Has ido a la enfermería?

—¡Qué va! —me bajé la camiseta—. Ni pienso ir.

—Bueno —dijo despacio—, pues avísame cuando te cures.

—Por supuesto —y seguí viendo el entrenamiento.

Debía de haberse pensado que me hacían mucha falta las pelas.

La última clase era Lengua. Me gustaba porque nuestra profesora se creía que éramos tan estúpidos que lo único que tenía que hacer era leernos cuentos. Por mí no había inconveniente. Al final del día estaba listo para quedarme sentado todavía un rato. Ella no tenía forma de saber si estábamos atendiendo. A veces nos pasaba un examen al final de la clase, pero siempre podía copiárselo a alguien, si había alguien que supiera las respuestas.

Yo siempre estaba en la clase de los burros. En E.G.B. empiezan a separar a los burros de los listos, y sólo te lleva un par de años saber de cuáles eres. Supongo que así es más fácil para los profesores, pero creo que podría enrollarme estar en una clase con distintos colegas de vez en cuando, en vez de con los mismos cretinos todos los años.

Steve estaba en mi clase de Matemáticas ese año, porque había tenido que escoger entre Matemáticas Modernas o Empresariales, y había elegido Empresariales. Los demás listos habían cogido Matemáticas Modernas, pero a él no le flipaban los números. Yo había ido al colegio con él desde la guardería, y ése era el primer año que estábamos juntos en clase. ¿Se cansaría de ver a los mismos listos de siempre todos los años?

Me quedé por allí sentado sin atender, y pensé que a lo mejor me acercaba a ver a Patty después de las clases.

Si no hubiera perdido aquellos cincuenta centavos a la hora del bocadillo, habría podido sobornar a sus hermanos para que se fuesen al parque o algo.

El Ahumao tenía que haber hecho trampas. No soy tan mal jugador.

De todas formas, cuando pasé por delante de su casa, vi que el coche de su madre seguía allí. A lo mejor era su día libre. Nunca acababa de aclararme. A su madre yo no la volvía loca precisamente. Y me parece que los hermanos se chivaban a veces de Patty. Me hubiera gustado partirles la cara.

Así que me fui hasta *Benny's* y jugué una partida de billar yo solo. Todos los que entraban querían ver mi herida. Les parecía flipante.

Steve se pasó por allí una hora después. Se notaba que no andaba con ánimos de andar vacilando por *Benny's*. Sólo buscaba compañía, así que me fui con él.

—¿Qué tal está tu vieja? —le pregunté después de que hubiésemos recorrido un par de manzanas.

—Muy mal —tenía la cara un poco blanca—. Está en el hospital.

—Supongo que no será porque te escapaste.

Me miró como si me faltase un tornillo. Entonces se acordó y dijo:

—¡Qué va! No fue por eso.

No dijo nada más, así que me puse a contarle que Ryan, el entrenador, me había pedido que le diese una paliza a un chaval. Sólo que le conté que me había ofrecido cincuenta dólares, y que me lo estaba pensando muy en serio. Pero ni siquiera eso lo sacó de su rollo. Se limitó a decir: «¿En serio?», como si estuviese en otra parte.

Yo necesitaba unas pelas. A mi viejo el Estado le pasaba una pensión. Tenía que bajar y echar una firma, pero no eran muchas pelas, y a veces se olvidaba de pasarme algo antes de bebérsela entera. Yo gorroneaba cantidad. De vez en cuando le pedía prestadas unas pelas al Chico de la Moto, pero tenía que tener mucho cuidado y devolvérselas. No sé por qué tenía tanto cuidado con eso. Una vez me dio un billete de cien dólares, porque decía que no lo necesitaba. No sé de dónde lo había sacado. Y como no lo necesitaba, no me preocupé de devolvérselo. Aunque la mayoría de las veces sí se lo devolvía.

Así que, cuando le eché el ojo a un último modelo de Chevrolett, con un juego de ruedas que imitaban las de varillas cantidad de cojonudo, vi la manera de hacerme rápidamente con veinte dólares. Veinte dólares me durarían una buena temporada.

El coche estaba allí aparcado, delante del bloque de apartamentos, pero no había nadie por allí. Ya le había quitado tres tapacubos y estaba trabajándome el cuarto, cuando Steve me preguntó: «¿Qué estás haciendo?», como un imbécil. Le había pasado los tres tapacubos, y él se quedaba allí de pie, preguntándome qué estaba haciendo... El cuarto me estaba costando un poco más, y empezaba a ponerme nervioso, así que le dije: «Cierra el pico.»

—Ya sabes que no robo.

—Ya sabes que yo sí —le contesté.

Por fin salió.

Justo en ese momento, salieron tres tíos flechados del bloque de apartamentos, pegando voces. Eché a correr, y vi que Steve se quedaba allí quieto, así que tuve que desperdiciar un poco de aliento en gritarle: «¡Muévete!», antes de que espabilase y echase a correr. Un par de manzanas más adelante se dio cuenta de que todavía llevaba los tapacubos, y el muy gilipollas los tiró al suelo. Así no iba a pararles los pies a aquellos tipos.

Nos habían ido llamando de todo, pero estaban reservando sus fuerzas. Uno de ellos se paró a recoger los tapacubos; me pareció que uno solo no me serviría para nada, y tiré el mío una manzana más alante.

Eso entretuvo a otro. El tercer tío seguía detrás de nosotros.

Steve me seguía de cerca mejor de lo que yo hubiera creído, pero mi herida me estaba haciendo polvo. Torcí por un callejón y salté una valla. Steve me imitó con tal cara de desesperación que me dieron ganas de echarme a reír.

La valla hizo que el tío que nos perseguía aflojara la marcha, pero no le paró los pies. Estaba sediento de sangre, tío. Me metí en una casa y subí escopetado las escaleras. Llegué hasta el ático, y salí corriendo a la terraza. Había que dar un buen salto hasta la otra, pero no me costó. Iba mangado por ella a por la segunda, cuando me di cuenta de que Steve no venía conmigo.

Se había parado delante del hueco que había entre las dos terrazas. Estaba casi doblado, intentando coger aliento.

—¡Venga! —le dije.

No estaba seguro de haber perdido a aquel tío.

—No puedo.

—Claro que puedes. Venga.

Steve se limitó a decir que no con la cabeza. Le conté lo que le pasaría si lo cogían. Hice que le pareciera peor que caerse de la terraza. De todas formas, sólo tenía dos pisos. Me había caído una vez de una terraza de dos pisos, y sólo me había roto el tobillo. Había sido por una apuesta.

—Venga —le dije—. Yo te agarro.

Steve volvió la cabeza hacia la puerta, luego miró abajo al callejón, retrocedió unos pasos, y saltó. No tenía ni idea de cómo hacerlo. Pero por alguna razón lo consiguió, y aterrizó con la barriga en el saliente. Estaba tan alucinado con haberlo conseguido que se olvidó de agarrarse y empezó a resbalar. Se hubiese caído hasta abajo, si yo no lo hubiera cogido por la muñeca. Se quedó allí colgando, gritando como un loco, hasta que dije:

—Como no te calles, te suelto.

No lo amenazaba. Le decía la pura verdad. Seguía tratando de subirlo, pero no era fácil. Además me dolía cantidad el costado.

—Y tampoco me mires como un conejo —le dije jadeando.

Estaba intentando meter el pie en la pared, y hacía tantos esfuerzos por cambiar de cara para no parecer un conejo, que casi me hace reír y soltarlo. Al final, escaló un poco y gateó hasta arriba. Nos quedamos allí sentados, mientras tratábamos de recuperar el aliento. Seguí escuchando, a ver si venía el tío que nos perseguía. Acabé pensando que nos había perdido.

—Me parece que podíamos habernos ahorrado el salto —le dije—. No va a subir aquí arriba.

Hasta ese momento no me di cuenta de que Steve temblaba cantidad.

—Así que podíamos habernos ahorrado el salto, ¿eh? —dijo, y me puso a parir.

Yo me quedé allí sentado, y traté de no reírme.

—No tenías que haber tirado los tapacubos. Me podían haber dado veinte billetes por ellos.

—Los estabas robando —me dijo, como si estuviera contándome alguna novedad.

—¿Y qué? Ellos también se los robaron a alguien.

—Esa no es razón.

Empecé a contestarle, y luego pensé: «¿Para qué me voy a molestar?» Ya habíamos discutido sobre eso antes.

—¿Estás bien? —me preguntó.

Le dije que no, y me caí redondo. Con tantas carreras, tantos saltos, y tanto sangrar, sin haber comido nada en todo el día, estaba en baja forma.

No desconecté mucho tiempo, sólo lo justo para convencer a Steve de que buscase ayuda, así que, cuando volví a conectar estaba solo, tirado en la terraza. Me recuperé lo más rápido posible, mientras salía casi corriendo por la puerta que daba a la terraza. Choqué con Steve y con una vieja a la que había pedido ayuda. No sé qué coño pensaba que podía hacer por nosotros.

—Vámonos —le dije, y salimos de allí.

A aquella señora no le hacía ninguna gracia que la hubiera hecho subir a rastras.

Estaba tan cabreado con Steve por haberse largado dejándome allí plantado, que me llevó como unas tres manzanas de paso ligero darme cuenta de que estaba llorando. Me asusté mogollón. Sólo había visto llorar a las tías, y ni siquiera me acordaba de haber llorado nunca.

—¿Qué te pasa? —le pregunté.

—¿Por qué no te callas? —me dijo—. ¿Por qué no te callas de una puta vez?

Ese no era su estilo. Y me imaginé que debía estar preocupado por su madre. Yo no era capaz de acordarme de la mía, así que no sabía qué era lo que sentía.

Cinco

Steve se fue a su casa, y yo me fui a la mía, porque no quería desplomarme en la calle y porque me imaginaba que el Chico de la Moto andaría por allí. Aún era un poco pronto para el viejo.

Me tropecé con Cassandra por las escaleras. Quiero decir que me tropecé de verdad. Cassandra creía que era la chica del Chico de la Moto. Era una tía muy rara para mi gusto. No la podía soportar. Había sido profesora del instituto el año anterior, y el Chico de la Moto estaba en una de sus clases. La tía flipaba con él. Las chavalas andaban todo el rato detrás de él, de todas formas. No sólo porque tuviese buena pinta, sino porque era especial. Podía enrollarse con la que quisiera, y no sé qué veía en Cassandra. Debía de darle pena.

Una tía bien educada y de buena familia, que vivía en una casa estupenda al otro lado de la ciudad, y ahí la teníais, viniéndose a una mierda de apartamento y siguiendo los pasos al Chico de la Moto. Ni siquiera estaba buena. Por lo menos a mí no me lo parecía. Steve decía que sí, pero yo creo que no. Solía andar descalza como una paleta, y no llevaba maquillaje. Casi siempre que la veía llevaba un gato. No me gustan los gatos. No me pasaba tanto con ellos como Biff Wilcox, que los usaba de blanco cuando hacía prácticas con un revólver del veintidós, pero no me gustaban. Ella también trataba de hablar como el Chico de la Moto y de decir cosas que significasen algo. Pero a mí no me daba el pego.

—Hola —me dijo.

Esperé a que se apartase para seguir subiendo las escaleras, pero no se apartó. ¡Mierda! Eran mis escaleras, qué caray. Me quedé mirándola. Nunca intenté fingir que me caía bien.

—Muévete —dije al final.

—¡Qué niño tan encantador...! —dijo ella.

Le solté algo que no solía decirle a las chicas, pero es que me estaba sacando de quicio. Ni siquiera pestañeó.

—No le gustas —seguí diciendo—. Por lo menos, no más que las otras.

—No le gusto ahora, y punto.

Abrió los brazos. Estaban llenos de marcas. Se picaba.

—¿Ves?

Me quedé alucinado un momento, y luego asqueado.

—Si me pillara picándome alguna vez —le dije—, me partiría el brazo.

—A mí casi me lo ha partido.

Siempre se había chuleado mucho, como si creyese que ella y el Chico de la Moto formaban parte de un grupo superselecto o algo así. Ahora ya no estaba tan chula.

—No estoy enganchada —me dijo, como si yo fuera su mejor amigo—. Pero me pareció que me ayudaría. Creí que se había ido para siempre.

Una de las cosas que el Chico de la Moto no podía soportar era la gente que se drogaba. La mayoría de las veces él ni siquiera bebía. Corría el rumor de que una vez se había cargado a un yonky. Nunca me molesté en preguntárselo. Un día, sin venir a cuento, me dijo:

—Si te cacho alguna vez picándote, te rompo el brazo.

Y era capaz. Y como fue una de las pocas veces que me hizo caso, me lo tomé muy en serio.

Aparté los ojos de Cassandra, y escupí en la barandilla. Había algo en ella que me sacaba de quicio. Cogió la indirecta, y siguió bajando las escaleras. Me encontré al Chico de la Moto en casa, sentado en el colchón, contra la pared. Le pregunté si había algo de comer por allí, pero no me oyó. Estaba acostumbrado, llevaba años jodido del oído. También era daltónico.

Encontré algunas galletas saladas, sardinas y leche. No soy quisquilloso. Me gusta casi todo. También di con una botella de *sneaky pete,* y la vacié entera. El viejo nunca se fijaba.

Me quité la camiseta y me lavé otra vez la herida. Me dolía todo el rato, no mucho, pero todo el rato, como un dolor de muelas. Iba a alegrarme mogollón cuando dejase de dolerme.

—Oye —le dije al Chico de la Moto—, no te vayas hasta que llegue el viejo, ¿vale?

Apartó lentamente la vista de la pared, me miró despacio sin cambiar de expresión, y podría jurar que se estaba riendo de mí.

—Pobre chaval —me dijo—, siempre estás hecho polvo, por haches o por bes.

—Estoy bien.

Alucinaba un poco con que se preocupase por mí. Siempre pensé que era el tío más cojonudo del mundo, y lo era, pero nunca me hacía mucho caso. Pero eso no quería decir nada. Que yo supiera, nunca hacía caso de nada, si no era para reírse.

Al rato, entró mi padre.

—¿Los dos en casa? —preguntó.

No estaba tan borracho como de costumbre.

—Oye, me hacen falta unas pelas —le dije.

—Llevaba ya un tiempo sin verte —le dijo el viejo al Chico de la Moto.

—Anoche estuve en casa.

—¿De verdad? Ni lo advertí.

Mi padre hablaba de una forma muy

curiosa. Había estudiado Derecho en la Universidad. Nunca se lo conté a nadie, porque nadie se lo hubiera creído. A mí mismo me costaba creerlo. Nunca pensé que los que habían estudiado Derecho acabasen convertidos en borrachos pensionistas. Pero supongo que algunos sí.

—Me hacen falta pelas —repetí.

Me miró muy pensativo. El Chico de la Moto y yo no nos parecíamos en nada a él. Era un tío ni alto ni bajo, ni joven ni viejo, medio rubio y medio calvo, y de ojos azul claro; el tipo de persona en la que nadie se fijaría. Pero tenía la tira de amigos; la mayoría, dueños de bares.

—Russel James —dijo de repente—, ¿estás enfermo?

—Me rajaron en una pelea.

—¿De verdad? —se acercó a echar un vistazo—. ¡Qué vida más rara lleváis vosotros dos!

—Yo no soy tan raro.

Me dio un billete de diez dólares.

—¿Y tú qué? —le preguntó al Chico de la Moto—. ¿Qué tal el viaje?

—Bien. Estuve en California.

—¿Y qué tal por California?

—No paras de reírte. Hasta es mejor que esto, con todo lo divertido que es este sitio.

El Chico de la Moto atravesó al viejo con la mirada, y vio algo que yo no podía ver.

Esperaba que no se enrollasen a hablar. A veces se tiraban días enteros pasando a tope el uno del otro y, en cambio, otros se enrollaban con algo y se tiraban toda la noche hablando. A mí no me flipaba la idea, porque no podía entender ni la mitad de lo que decían.

Me costaba saber exactamente qué era lo que sentía por mi padre. Quiero decir que nos llevábamos bien, nunca teníamos broncas, menos cuando se creía que le había estado gorroneando el vino, y ni siquiera así se mosqueaba mucho. Pero tampoco nos enrollábamos a hablar. A veces me preguntaba algo o me decía alguna cosa, pero se notaba que sólo trataba de ser educado. Me ponía a contarle algo de una fiesta en el río, o de una pelea en el baile, y lo único que hacía era mirarme como si no supiese mi idioma. Me costaba tenerle respeto, porque no hacía nada de nada. Se pasaba el día de copas por los bares, y luego volvía a casa, leía y bebía por las noches. Eso es como no hacer nada. Pero nos llevábamos bien, así que no tenía motivos para odiarlo o algo parecido. No lo odiaba. Sólo que me hubiera gustado que me flipase más.

Aunque yo creo que él me prefería a mí antes que al Chico de la Moto. Al viejo le recordaba a mi madre. Ella se había largado hacía mogollón de tiempo, así que yo no la recordaba. A veces el viejo se paraba y se quedaba mirando al Chico de la Moto, como si estuviese viendo un fantasma.

—Eres igualito que tu madre —le decía.

Y el Chico de la Moto se limitaba a mirarlo con aquella cara suya de animal, sin expresión de ningún tipo.

El viejo nunca me lo dijo. Pero yo también debo de parecerme a ella.

—Russel James —dijo mi padre, mientras se instalaba con un libro y con una botella—, ten más cuidado de ahora en adelante.

El Chico de la Moto se había quedado callado tanto tiempo que al final pensé que estaba preocupado por Cassandra.

—Me dijo que no estaba enganchada —le conté.

A pesar de que ella no me enrollaba, me pareció que eso podía animarlo.

—¿Quién? —me preguntó sorprendido.

—Cassandra.

—Ah, claro. Me lo creo.

—¿En serio?

—Pues claro. Ya sabes lo que le pasaba a la gente que no creía a Cassandra.

No lo sabía.

—Los cogían los griegos —dijo mi padre.

¿Veis lo que quiero decir? ¿Qué coño tenían que ver los griegos con eso?

—De todas maneras, pasas de ella, ¿verdad? —le pregunté.

No me contestó. Se levantó y se piró. Me fui a dormir directamente. El Ahumao se pasó sobre las doce con un primo que tenía coche, así que me fui con ellos al lago y estuvimos bebiendo cerveza. Había unas cuantas tías por allí; hicimos una hoguera, y nos fuimos a nadar. Llegué a casa casi por la mañana. El viejo se despertó.

—Russel James, me he enterado de que hay un policía decidido a detener a uno de vosotros dos. ¿Es a ti o a tu hermano?

—A los dos, pero sobre todo a él.

Sabía de qué estaba hablando. Era un pasma local que nos odiaba desde hacía años. No me preocupaba el tema. Estaba más bien preocupado por si se me había infectado la herida de nadar en el lago, pero tenía buena pinta.

Volvía a estar cansado, así que colgué las clases y me quedé durmiendo hasta las doce.

Seis

Aquella tarde acabó siendo más interesante de lo que yo esperaba. Me expulsaron, y Patty cortó conmigo.

Llegué al instituto sobre la una. Tuve que echar una firma en dirección para que se enteraran de que acababa de llegar. Les conté que me había encontrado mal por la mañana, pero que ahora ya estaba bien. No coló, pero no iba a contarles que había estado atracándome de cerveza hasta las cinco de la mañana. Había hecho lo mismo la tira de veces, así que aluciné cuando, en vez de darme un pase para volver a clase, me hicieron pasar a ver al señor Harrigan, el tutor.

—Rusty —me dijo mientras revolvía unos papeles de su escritorio, para que me quedase claro que le estaba robando su precioso tiempo—, ya has venido a verme más veces.

—Sí.

No aguanto que la gente me llame Rusty a secas. Me entra una sensación como de no llevar pantalones o algo así.

—Demasiadas veces.

¿Cuál sería el paso siguiente? Quiero decir que yo no había entrado allí para hacerle perder el tiempo aposta. Lo único que tenían que hacer era no mandarme allí.

—Hemos decidido que no podemos tolerar tu comportamiento ni un día más.

Pasó a hacer una lista de todas las cosas por las que me habían mandado a dirección ese curso: por pelearme, por decir tacos, por fumar, por contestar mal al profesor, por colgar clases.

Era toda una lista, pero ya me la sabía. En cambio él hablaba como si estuviese contándome algo que yo no supiera. Me quedé como en blanco. Había algo en el señor Harrigan que me ponía la mente como en blanco; hasta cuando me daba con la regla, como había hecho dos o tres veces antes.

De repente me di cuenta de que estaba echándome del instituto.

—Hemos decidido que te trasladen a Cleveland —me estaba diciendo.

El instituto de Cleveland era donde mandaban a todos los que no les hacían gracia. No es que importase, pero Cleveland lo controlaban Biff Wilcox y su banda. Desde la pelea, Biff y yo nos habíamos dejado en paz. El se quedaba en su barrio, y yo en el mío. Pero, sólo con que entrase en su territorio, era hombre muerto. Sería yo solo contra la mitad del instituto. Biff había tenido oportunidad de pelearse limpiamente conmigo. No iba a intentarlo otra vez. Sí señor, me iría a Cleveland. Lo único que necesitaba era una metralleta y un par de ojos en la nuca.

—No quiero ir —le dije—. Mire, he hecho cosas mucho peores que colgar la mitad de las clases. ¿Por qué esta vez precisamente?

—En Cleveland están preparados para lidiar con gente como tú, Rusty.

—No me diga... ¿Tienen rejas en las ventanas y chalecos antibalas?

Se quedó mirándome.

—¿No te parece que ya es hora de que vayas planteándote tu vida en serio?

Bueno, tenía que preocuparme de las pelas, y de si el viejo se bebería o no su pensión antes de que yo pillase parte, y de si el Chico de la Moto saldría pitando y se largaría para siempre, y de que había un pasma que se moría de ganas de volarme los sesos. Y encima me mandaban al territorio de Biff Wilcox. Así que no tenía mucho tiempo de plantearme mi vida en serio.

Me planteé muy en serio arrearle un puñetazo al señor Harrigan. Total, iban a echarme de todas formas... Pero todavía tenía un poco de resaca, así que decidí no malgastar mis fuerzas.

—Empiezas en Cleveland el próximo lunes, Rusty —dijo el señor Harrigan—. Hasta ese momento estás dado de baja.

—No iré.

—La otra alternativa es el Reformatorio.

Volvió a sacudir sus papeles, para que quedara claro que mi tiempo se había acabado.

El Reformatorio... Pues sí que sí. Los tipos ésos tenían que hacer todavía mogollón de papeleo antes de venir a por mí. Tenía unas cuantas semanas para pensar en algo, antes de que apareciesen.

Dejé el despacho con ganas de irme directamente hasta su coche y rajarle las ruedas. Pero me topé en el hall con Ryan, el entrenador.

—Lo siento, tío —me dijo, parecía que lo sentía de verdad—. Les dije que eras buen chaval, que nunca me habías dado ningún problema.

Que era mentira, porque sí le había dado problemas. Lo que pasa que él trataba de tomárselos a cachondeo.

—Pero no sirvió de nada. No pude sacárselo de la cabeza.

—No se preocupe.

Me miraba como si me hubiesen condenado a muerte. Debía estar convencido de que me flipaba aquel instituto. Pues no, pero allí estaban mis amigos, y me era más fácil ir allí que a cualquier sitio por el que anduviesen los colegas de Biff Wilcox.

—Oye, chaval —me dijo—, no te metas en líos, ¿vale?

Debí de mirarlo como si estuviera pirao, porque siguió diciendo:

—Quiero decir líos que no puedas controlar.

—Claro —le dije, y añadí—: tío.

Le hizo tan feliz. Esperaba que, cuando fuese mayor, yo tuviese cosas mejores que hacer que colgarme de algún tirao que fuese de duro, a ver si se me pegaba algo de su fama.

La verdad es que se me hacía raro no haber sido capaz de seguir en el instituto. Aunque siempre había encontrado cosas que hacer en el verano y en Navidades, así que me imaginé que ya me las arreglaría.

No había nadie en *Benny's* aparte de Benny, y a pesar de que eso era mejor que nadie, no me gustaba jugar al billar sin espectadores. Seguí andando por la calle, como un par de manzanas más, hasta el bar de Eddie y Joe. Dos chavales que habían estado en Los Empaquetadores andaban por allí. Pero, nada más entrar, Joe (o a lo mejor era Eddie) me echó. Entonces me fui a casa de Weston Mc Cauley. Allí estaba, con unos cuantos colegas, pero andaban todos idos, nerviosos y colocados, chutándose caballo. Los yonkys no soportan estar con gente normal, así que me fui; bastante hecho polvo, porque Weston había sido alférez de Los Empaquetadores. Era lo más parecido a un amigo que había tenido el Chico de la Moto. Me di cuenta de que el Chico de la Moto no tenía amigos cuando se me pasó el mal rollo que me había dado Weston. Tenía admiradores y enemigos, pero nunca le oí presumir a nadie de ser su amigo.

A esas horas, Patty debía de estar llegando del colegio a casa. Iba a un colegio católico, sólo para chicas. Su madre no quería que se mezclara con chicos. A Patty eso le hacía mucha gracia. Era esa clase de tía que ha tenido novios desde los nueve años.

La esperé en la parada del autobús, mientras me fumaba un pitillo y hacía el chorras metiéndome con el personal que pasaba por allí. Alucinaríais si supierais la cantidad de gente que le tiene miedo a un chaval de catorce años.

Patty saltó del autobús, y pasó meneándose delante de mí, como si ni siquiera me hubiera visto.

—¡Eh! —dije a la vez que tiraba el pitillo y echaba una carrerita detrás de ella—. ¿Qué pasa?

Se paró de golpe, me miró con odio, y me explicó muy bien lo que podía hacer.

—¿Qué pasa contigo? —le pregunté.

Empezaba a cabrearme yo también.

—Me enteré perfectamente de vuestra fiestecita.

Debí de quedarme tan en blanco por fuera como por dentro. Ella siguió.

—La del lago. Marsha Kirk andaba por allí. Me lo contó todo.

—¿Y qué? ¿Qué tiene eso que ver?

—¿De verdad te crees que puedes tratarme así?

Empezó a llamarme de todo otra vez. ¿Dónde habría aprendido a soltar tacos?

Entonces me acordé de que llevábamos saliendo cinco meses.

—¿Qué tiene que ver una gilipollez de fiesta con todo esto?

—Me he enterado del rollo que tuviste con esa chica, esa puta morena.

Estaba tan cabreada que se quedó muda un momento.

—Piérdete por ahí —dijo al final; sus ojos soltaban chispas—. No quiero volver a verte el pelo en mi vida.

—No te preocupes, no cuentes con ello —y añadí unos cuantos comentarios de mi propia cosecha.

Casi le pego. Luego, cuando siguió contoneándose por la calle, con el pelo rebotándole en los hombros y la cabeza alta, como una chiquita muy dura, pensé que ya no me pasaría nunca por su casa para ver la tele. No nos apretujaríamos, para intentar darnos el lote sin que nos pillasen sus hermanitos. No volvería a abrazarla nunca, suave pero fuerte.

No conseguía entender qué era lo que tenía que ver conmigo y con Patty el haber andado enredado con una tía en el lago. No tenía nada que ver. ¿Por qué dejaba que una tontería así estropease lo nuestro?

Me sentía raro. Tenía un nudo en la garganta y no podía respirar muy bien. ¿Iría a llorar? No me acordaba de qué se sentía, así que no podía saberlo. De todas formas, me puse bien en nada de tiempo.

Anduve dando vueltas un rato. No se

me ocurría nada que hacer, ni adónde ir. De repente vi al Chico de la Moto leyendo una revista en el *drugstore,* así que entré.

—¿Tienes un pitillo? —le pregunté.

Me dio uno.

—¿Por qué no hacemos algo esta noche? —le dije—. Podíamos ir al cine porno que hay cruzando el puente.

—Vale.

—A lo mejor consigo que venga Steve también.

Quería que viniese Steve por si el Chico de la Moto se olvidaba de que yo iba con él, y se abría con una moto, o se metía en algún bar donde no me dejasen pasar.

—De acuerdo.

Me quedé por allí, y le eché un vistazo a las revistas.

—Oye —le dije—, ¿qué estás leyendo?

—Sale una foto mía en esta revista.

Me la enseñó. Era una foto suya, sí señor. Estaba apoyado de espaldas contra una moto hecha polvo, que más o menos se sostenía gracias a sus manos. Llevaba unos tejanos y una cazadora vaquera, sin nada por debajo. De fondo, había unos árboles, parras y hierbas. Le hacían pinta de animal salvaje salido del bosque. Era una buena foto. Parecía un cuadro. No sonreía, pero tenía pinta de contento.

—Oye —le dije—, ¿qué revista es ésa?

Miré la portada. Era una de esas revistas importantes que se venden por todo el país.

—¿Viene algo sobre ti?

Volví a hojear la revista.

—No. La foto es de una colección de una famosa fotógrafo. Me la sacó en California. Me había olvidado. La verdad es que ha sido alucinante abrir la revista y encontrarme con esa foto.

Miré las demás. La mayoría eran retratos. Todas parecían cuadros. La revista decía que la persona que las había sacado era famosa precisamente porque sus fotos parecían cuadros.

—¡Caray! —le dije—. Se lo voy a decir a todo el mundo.

—No lo hagas, Rusty James. Preferiría que no se lo contaras a nadie. Desgraciadamente, ya se correrá la bola.

Desde que había vuelto había estado portándose de una manera un poco rara. Ahora había puesto una cara rara, así que le dije:

—Muy bien.

—Es un poco coñazo ser Robin Hood, Jesse James y el Flautista de Hamelín a la vez. Me gustaría seguir siendo la sensación del barrio, si no te importa. No es que no pueda controlar algo en mayor escala. Simplemente es que no me apetece.

—Vale.

Sabía lo que quería decir con lo de ser Jesse James para alguna gente. El Chico de la Moto era muy famoso en aquella parte de la ciudad. Hasta los que lo odiaban lo hubieran reconocido.

—¡Eh, ya lo tengo! —le dije—. El Flautista de Hamelín... Aquellos chavales te hubieran seguido a cualquier parte, tío. Muchos todavía lo harían, ¡qué carajo!

—Sería maravilloso, si se me ocurriera algún sitio adonde ir.

Cuando salíamos del *drugstore,* vi que Patterson, el pasma, nos miraba mientras cruzaba la calle. Yo le sostuve la mirada. El Chico de la Moto, como siempre, ni siquiera lo vio.

—Esa foto es un buen retrato tuyo —le dije.

—Sí que lo es.

Se sonrió, pero no estaba contento. Nunca sonreía demasiado. Me daba miedo cuando lo hacía.

Siete

Aquella noche nos fuimos al centro, que estaba al otro lado del puente y era donde había luces. No me costó tanto convencer a Steve de que se viniese, como yo me había creído. Normalmente tenía que ponerme pelma, hasta casi llegar a amenazarle, para conseguir que hiciera algo que no les gustase a sus padres. Aunque esta vez se limitó a decir: «Vale. Le diré a mi padre que voy al cine.» Y fue la vez que me resultó más fácil comerle el coco. Steve había estado funcionando de una manera bastante rara últimamente. Desde que se habían llevado a su madre al hospital, pasaba totalmente de lo que se le viniese encima. Parecía un auténtico conejo a punto de enfrentarse a una manada de lobos.

Vino a buscarnos a casa. Yo nunca había ido a la suya. Sus padres ni siquiera sabían que me conocía. Eché media botella de vodka de cerezas en una botella de *sneaky pete,* para llevárnosla.

—Oye, dale un trago —le dije a Steve mientras cruzábamos el puente.

No había mucho sitio para ir andando. Se suponía que tenías que cruzarlo en coche. Nos paramos en el medio, para que el Chico de la Moto pudiese mirar el río un rato. Que yo recuerde, lo había hecho siempre. Le flipaba aquel río.

Le pasé la botella a Steve y, para mi sorpresa, le pegó un trago. Nunca bebía. Llevaba años intentando comerle el coco, y más o menos lo había dejado por imposible. Se atragantó, me miró un momento, y luego tragó. Se secó los ojos.

—Sabe a rayos —me dijo.

—No te preocupes por el sabor. Te colocará de todas formas.

—Recuérdame que me coma un chicle antes de volver a casa, ¿vale?

—Claro.

El Chico de la Moto había decidido seguir, y fuimos correteando detrás de él. Adelantaba cantidad de terreno en una sola zancada.

Iba a ser una noche cojonuda. Estaba claro. El Chico de la Moto hacía vida de noche, sobre todo. Llegaba a casa por la mañana, dormía hasta después de la una o las dos, y empezaba a despertarse de verdad sobre las cuatro. Nos oía perfectamente, y parecía que no le importaba que fuésemos con él. En general, no le gustaba que yo anduviese siguiéndolo. Pero ahora parecía que casi no se enteraba de que estábamos allí.

—¿Por qué bebes tanto? —me preguntó Steve.

Había algo que le jodía. Siempre andaba medio nervioso y medio mosqueado, pero me resultaba imposible creer que anduviese buscando pelea conmigo.

—No puedes soportar que tu padre se pase el rato bebiendo —siguió en plan terco—. ¿Por qué bebes tú entonces? ¿Quieres acabar como él?

—Pero yo no bebo tanto...

Iba a la ciudad, al cine porno, adonde había mogollón de gente, y de ruido, y de luces; y donde uno podía sentir que salía energía de todas las cosas, hasta de los edificios... Estaba apañado si Steve iba a jodérmelo todo.

—Vamos a pasarlo de puta madre —le dije para cambiar de tema—. A mí esto me enrolla cantidad. Me gustaría vivir por aquí.

Me enganché de una farola, y por poco tiro a Steve a la calle al dar la vuelta.

—Tranquilízate —masculló.

Le dio otro trago a la botella. Me imaginé que aquello le alegraría un poco.

—Oye —le dijo al Chico de la Moto—, ¿quieres un trago?

—Ya sabes que no bebe. Sólo de vez en cuando.

—Pues menuda manera de no beber... ¿Por qué no bebes? —le preguntó Steve.

—Me gusta controlar —le contestó el Chico de la Moto.

Steve nunca hablaba con el Chico de la Moto. El vino le había hecho echarle huevos.

—Aquí está todo tan guay —seguí diciendo—. Las luces, por ejemplo. Odio las de nuestro barrio. No son de colores. ¡Eh! —le dije al Chico de la Moto—, tú no distingues los colores, ¿verdad? ¿Tú cómo los ves?

Me miró haciendo un esfuerzo, como si estuviese tratando de acordarse de quién era yo.

—Supongo que como una tele en blanco y negro —dijo por fin—. Sí. Así.

Me acordé del resplandor que salía de la tele de la casa de Patty. Y luego intenté dejar de pensar.

—¡Qué mal!

—Creí que lo único que no distinguían los daltónicos era el rojo y el verde. Creo que leí algo en algún sitio de que no podían ver el rojo, y el verde o el marrón, o algo así —dijo Steve—. Sí que lo leí.

—Yo también —dijo el Chico de la Moto—. Pero no podemos ser como todo lo que leemos.

—No le incordia nada —le expliqué a Steve—. Menos cuando anda en moto y se salta los semáforos en rojo.

—A veces —dijo el Chico de la Moto, y me dejó alucinado porque no solía enrollarse a hablar— tengo la sensación de que puedo recordar los colores, si me acuerdo de cuando era pequeño. Hace la tira de tiempo de eso. Dejé de ser pequeño cuando tenía cinco años.

—¿En serio? —eso me pareció interesante—. ¿Y yo cuándo voy a dejar de ser pequeño?

Me echó una mirada de aquellas que le echaba a casi todo el mundo.

—Nunca.

La verdad es que me hizo gracia, y me reí, pero Steve lo miró furioso, como un conejo que le pusiera mala cara a una pantera.

—¿Qué se supone que es eso: una profecía o una maldición?

Me alegré de que el Chico de la Moto no le oyese. No quería que le saltase los dientes a Steve.

—Venga... Vamos a ver una peli.

Había unas cuantas bastante buenas justo en el cine porno. Estábamos pasando por delante de los carteles.

—Me parece una gran idea —dijo Steve—. Pásame la botella.

Se la pasé. Cada vez que le daba un trago, se ponía más alegre.

—¡Qué pena! —dijo—. Hay que tener dieciocho años para entrar. Es una pena, porque parece interesante.

Se estaba fijando en algunas fotos que venían en los carteles.

El Chico de la Moto fue hasta la taquilla y sacó tres entradas; luego volvió y nos dio una a cada uno. Steve se quedó mirándolo con la boca abierta.

—Bueno —dijo el Chico de la Moto—, vamos a entrar.

Nos metimos inmediatamente.

—¿El tío ése de la taquilla estaba ciego o qué? —dijo Steve en alto.

A pesar de que el cine estaba a oscuras, oí cómo la gente se daba la vuelta para mirarnos.

—Cállate —le dije.

Tuve que esperar a que mis ojos se acostumbraran a la oscuridad. No me llevó mucho tiempo.

El Chico de la Moto ya nos había cogido unas butacas, justo en el medio.

—Ya estuve aquí otras veces —le dije a Steve—. Y hubo una redada. Fue cantidad de divertido. Tenías que haber visto la peli que pusieron esa noche. Era otra cosa.

Iba a seguir contándole la película, pero me interrumpió.

—¿Una redada? ¿Una redada de la policía? —se quedó callado un momento, y luego siguió—. Oye, Rusty James, si te arrestan o algo así, ¿puedes negarte a que paguen la fianza? Quiero decir, ¿puedes quedarte en la cárcel, si te apetece más que irte a tu casa?

—¿De qué coño me estás hablando?

—Si mi padre tuviese que venir a la cárcel a sacarme, preferiría quedarme allí. En serio, lo preferiría.

—Tranqui, tío —le dije—. No va a pasar nada.

Encendí un pitillo y apoyé los pies en

el respaldo de la butaca de delante. ¿Qué culpa tenía yo de que hubiese alguien allí sentado? El tipo de delante se dio la vuelta y me miró con cara de mala leche. Le sostuve la mirada, como si no me apeteciese otra cosa más que partirle la cara. Se corrió dos butacas.

—Eso ha estado bastante bien —dijo el Chico de la Moto—. ¿Nunca has pensado en entrenarte para camaleón?

—No sé quiénes son —dije como orgulloso de mí mismo—. ¿Por dónde se mueven?

Steve se pasó un rato intentando contener la risa. ¡Mierda! Les oía reírse a los dos, pero ya había empezado la película, así que pasé de ellos.

La película empezaba con una gente charlando. Me imaginé que no tardaría mucho en ponerse interesante, y tenía razón, pero a esas alturas Steve había dejado de mirar a la pantalla. El Chico de la Moto nunca veía la película. Miraba a los espectadores. Yo ya había ido antes al cine con él, así que ni me molesté; pero Steve también se había puesto a mirar al personal, a ver qué tenía de interesante. No había nada interesante, sólo unos cuantos viejos, algunos chavales de instituto, gente que pasaba por delante y se metía dentro, y unos que tenían pinta de niños pijos de las afueras, que habían venido a conocer los barrios bajos. Era el mismo público de siempre. Ya sabía que ésa era una de las manías del Chico de la

Moto, pero a Steve no le perdonaba que se perdiese parte de la peli, sobre todo porque estaba seguro de que nunca había visto una porno. Así que le di un codazo en las costillas y le dije:

—Te lo estás perdiendo, chaval.

Cuando miró a la pantalla, se quedó pegado. Ahora me tocaba a mí reírme.

—¿Lo están fingiendo? —preguntó con una voz ahogada.

—No creo —le contesté—. ¿Tú fingirías?

—¿Quieres decir —y levantó un pelín la voz— que la gente hace películas de eso?

—No, lo están retransmitiendo en directo desde el Madison Square Garden... Pues claro que hacen películas, gilipollas.

Se quedó allí sentado un poco más, y luego se levantó de un salto a toda prisa.

—Tengo que ir al wáter —dijo—. Vuelvo enseguida.

—¡Steve! —le grité, pero ya se había ido.

A los diez minutos más o menos, supe que no iba a volver.

—Vámonos —le dije al Chico de la Moto.

Afuera estaba casi igual de oscuro que dentro del cine, hasta que te acostumbrabas a las luces de colores. Me encontré a Steve pegado a una pared, y con mala cara.

—¿Qué te ha pasado? —le pregunté.

—Nada. No sé. Un tipo me preguntó

si me gustaba la película. ¿Por qué tenía que darme miedo?

Era como si estuviese hablando consigo mismo.

—Te lo iba a decir —saqué la botella de vino de mi cazadora de cuero negro—. Nunca hay que ir al water en estos sitios. Nunca, ¿entiendes?

Steve me miró asustado.

—Así que tenía que darme miedo. No me lo inventé yo. Quiero decir, ¿hay algo de lo que deba tener miedo de verdad?

—Sí.

Steve tenía pinta de estar a punto de vomitar. Pensé que a lo mejor otro trago le ayudaría.

Pareció que le animaba un poco.

—No quería que os perdierais la película —dijo.

—No nos perdemos nada, las he visto mejores.

Seguimos andando. El Chico de la Moto se dio la vuelta y retrocedió unos cuantos pasos.

—«La Ciudad del Pecado» —leyó en la marquesina del teatro, tan contento—. «Sólo para adultos.»

Seguimos bailoteando por la calle. Estaba llena de coches a la caza. Casi todos los bares tenían la música puesta a tope. Había mogollón de gente.

—Todo está tan guay...

Llevé el ritmo con el pitillo. No podía explicar cómo me sentía. Marchoso, eléctrico, vivo.

—Me refiero a las luces y a toda esta gente.

Intenté recordar por qué me gustaban los mogollones de gente.

—¿Por qué será? A lo mejor, porque no me aguanto solo. Es que no puedo soportarlo, tío. Me hace sentirme como hermético, como si me hubieran taponado por todas partes.

Ninguno de los dos dijo nada. Pensé que a lo mejor ni siquiera me habían oído, pero de repente el Chico de la Moto dijo:

—Cuando tú tenías dos años y yo seis, mamá decidió largarse. Me llevó a mí con ella. El viejo se cogió una borrachera de tres días cuando se dio cuenta. Me ha contado que fue la primera vez en su vida que se emborrachó. Supongo que le gustó. De todas formas, te dejó solo en casa esos tres días. No vivíamos aquí. Era una casa muy grande. Al final, ella me abandonó, y me trajeron de vuelta con el viejo. Ya se le había pasado la borrachera lo suficiente como para volver a casa. Me imagino que el miedo a estar solo te viene de ahí.

No entendía nada de lo que estaba diciendo. Era como tratar de ver algo entre la niebla. A veces, sobre todo por la calle, hablaba normal. Pero otras se enrollaba como si estuviera leyendo un libro en alto, y usaba palabras y frases que nadie usaba nunca al hablar.

Le pegué un buen lingotazo al vino.

—Nunca... —me paré y empecé otra vez—. Nunca me lo habías contado.

—No me pareció que te viniera bien saberlo.

—Pues ahora me lo has contado.

Algo así como un recuerdo empezó a incordiarme en el fondo de la cabeza.

—Eso parece.

Se paró a admirar una moto que estaba aparcada en la calle. La examinó con mucho cuidado. Me quedé en la acera, enredando con la cremallera de mi cazadora, subiéndola y bajándola sin parar. Era una manía mía. Nunca le había tenido miedo al Chico de la Moto. Los demás sí; hasta la gente que lo odiaba y los que decían que no se lo tenían. Pero nunca me había dado miedo hasta ese momento. Era cantidad de raro eso de que me diese miedo.

—¿Tienes algo más que contarme?

El Chico de la Moto levantó la vista.

—Sí, supongo que sí —me contestó como pensándoselo mucho—. Vi a la vieja cuando estuve en California.

Casi pierdo el equilibrio y me caigo del bordillo. Steve me agarró por la cazadora para que siguiera de pie, o a lo mejor para seguir él. También se tambaleaba un poco.

—¿En serio? —pregunté—. ¿Está en California? ¿Cómo lo sabes?

—La vi en la tele.

Miré alrededor un momento, para estar seguro de que todo era real, de que no estaba soñando ni alucinando. Miré al Chico de la Moto para asegurarme de que no se había vuelto loco de repente. Todo era real, yo no estaba soñando, y el Chico de la Moto me estaba mirando con unos ojos en los que brillaba una risa maligna.

—De verdad, estaba muy cómodo sentado en un bar, tomándome una cerveza fría mientras le daba vueltas a mis asuntos y veía una entrega de premios de ésas, cuando la cámara enfocó al público y la vi. Creía que podría encontrarla si me iba a California, y la encontré.

Me costaba entender lo que quería decir. Ni siquiera era capaz de acordarme de nuestra madre. Era como si se hubiese muerto. Siempre pensé en ella como si estuviese muerta. Nadie contaba nunca nada de ella. Lo único que sabía del tema era por el Chico de la Moto: por lo que le decía mi padre de que era igualito que mi madre. Creía que quería decir que también tenía el pelo color vino y ojos de trasnochadora y, a lo mejor, que era alta. Y en ese momento pensé de repente que a lo mejor la cosa no tenía que ver con que se pareciesen físicamente.

Noté que empezaban a sudarme las axilas y que también me corrían gotas por la espalda.

—¿De verdad? —le dije.

Creo que si la calle se hubiera hundido bajo mis pies, o los edificios de alrededor hubieran saltado en pedazos me habría quedado allí sudando y diciendo: «¿De verdad?»

—Está viviendo con un productor de cine, por lo menos en ese momento. Estaba planeando instalarse en las montañas con un artista, en una casa que él tiene en un árbol. Así que, a lo mejor, ahora está allí.

—¿Se alegró de verte?

—Pues claro. Fue una de las cosas más divertidas que le han pasado en la vida. Yo ya me había olvidado de que los dos teníamos el mismo sentido del humor. Quería que me quedara allí con ella. California es muy entretenida. Hasta se está mejor que aquí.

—Así que California está muy bien, ¿eh? —me oí preguntar a mí mismo.

Parecía que no estaba hablando yo.

—California —dijo— es como una preciosa niña salvaje, adicta a la heroína, que vuela tan alto como una cometa y se cree que está en la cima del mundo, pero que no sabe que se está muriendo, que no se lo cree aunque le enseñes las marcas.

Volvió a sonreír, pero cuando yo le pregunté: «¿Te dijo algo de mí?», se quedó sordo otra vez, y no me oyó.

—Nunca me contó nada de ella —le dije yo a Steve.

El Chico de la Moto iba delante y se colaba entre la gente sin ningún problema, sin que nadie le rozase siquiera. Steve y yo andábamos a empujones con el personal que nos llamaba de todo y, a veces, nos arreaban un buen codazo.

—Nunca le he dado la bronca con ese tema. ¿Cómo coño iba a saber que era capaz de acordarse de todo? A los seis años uno no se acuerda de nada. Yo no me acuerdo de nada de lo que me pasó a esa edad.

Un viejo borracho iba andando a paso de tortuga delante de nosotros. Yo no podía soportar que nos cerrase el paso de esa manera. Acabó cabreándome, le arreé un puñetazo en la espalda y lo empujé contra la pared.

—¡Oye! —dijo Steve—. No hagas eso.

Me quedé mirándolo, casi ciego del cabreo que tenía.

—Steve —le dije haciendo un esfuerzo—, no me jodas.

—Vale. Pero no vayas aporreando a la gente.

Me temía que si le pegaba o algo parecido se iría a su casa y no quería que me dejase solo con el Chico de la Moto; así que le dije:

—De acuerdo.

Luego, como no podía dejar de darle vueltas al coco, seguí con el tema.

—Debería habérsele ocurrido contarme que la había visto cuando se fue a California. Si hubiese sido yo se lo habría contado.

El Chico de la Moto se había parado

a hablar con alguien. No sabía quién era, y además me daba igual.

—¿Qué pasa contigo? —le pregunté.

No veía por qué tenía que andar liándolo todo. Tenía la sensación que el mundo entero era un auténtico lío.

—Nada —me contestó, mientras seguía andando—. Absolutamente nada.

Steve se reía con cara de loco. Nos paramos para pasarnos la botella otra vez. Steve se apoyó en un escaparate.

—Estoy mareado —dijo—. ¿Se supone que tengo que estar mareado?

—Claro —le contesté.

Estaba tratando de sacudirme mi mala leche. Me lo estaba pasando bien, me lo estaba pasando de puta madre, y no iba a dejar que los demás me lo jodiesen. ¿Qué más me daba que el Chico de la Moto hubiese visto a mi madre? Cualquiera diría...

—¡Qué carajo! —me puse derecho—. Venga, vamos.

Echamos a correr y alcanzamos al Chico de la Moto. Empecé a hacer el indio, tratando de ligar con las tías y de montar bronca, mientras le daba la lata al personal. Me divertí cantidad. Podía habérmelo pasado de puta madre si no hubiera sido por Steve que o se asustaba o se reía como un gilipollas, o se ponía a vomitar. Y si no hubiese sido también por cómo me miraba el Chico de la Moto, como si le hiciera gracia, pero sin interés. Una hora después Steve se sentó en un portal y se puso a llorar por su madre. Me dio pena y le di unas palmaditas en la cabeza.

Luego nos topamos con una fiesta.

—Subir —gritó alguien que se había asomado a la ventana.

Allí todavía había más alcohol, aparte de música y tías. Me encontré a Steve en un rincón, dándose el lote con una chavalita muy mona que tendría unos trece tacos.

—Así se hace, tío.

Steve me miró atontado.

—¿Es de verdad? ¿Es de verdad? —decía.

Se le puso cara de acojono cuando se dio cuenta de que no estaba soñando.

Pero sí que aquello tenía algo de sueño. Creo que, aunque no hubiéramos bebido tanto, habría parecido un sueño.

Luego salimos otra vez a la calle. Y cada vez había más luces, y más ruido, y más gente. Todo despedía ruido, y música, y energía.

—Todo brilla tanto —dije a la vez que miraba al Chico de la Moto—. Es una pena que no puedas verlo.

Ocho

Estábamos viendo jugar al Chico de la Moto. No sabía dónde estábamos exactamente, o cómo habíamos llegado hasta allí, pero sí sabía cuánto tiempo llevábamos allí dentro: todo el del mundo. Era un sitio oscuro, lleno de humo y de negros; eso no me molestaba, y parecía que a Steve tampoco. Steve y yo nos habíamos sentado en una mesa con dos asientos. La mesa estaba llena de señales y el plástico de los asientos de rajas por las que salía una mierda de relleno. Steve se dedicaba a grabar algo en la mesa. Estaba escribiendo una palabra que yo ni siquiera sabía que conocía.

—Vaya, vaya, vaya —dijo el tipo que estaba jugando al billar con el Chico de la Moto—. ¡Este tío es increíble!

El Chico de la Moto iba ganando. Se paseaba alrededor de la mesa para medir el tiro. A media luz y con aquel humo por el medio, parecía un cuadro.

—Pues claro —dije—. Y yo voy a ser igualito que él.

El negro se paró y me hizo un repaso.

—Creo que no, chaval. Este tío es un príncipe. Es como un rey desterrado. Nunca vas a tener esa pinta.

—¿Y tú cómo lo sabes? —mascullé; estaba cansado.

—Pásame el vino —dijo Steve.

—Se acabó.

—Es lo más deprimente que he oído en mi vida.

El Chico de la Moto ganó la partida y empezaron otra.

—¿Hay algo que no sepa hacer? —refunfuñó Steve.

Dejó caer la cabeza sobre la mesa y se agarró a los bordes, como si estuviera tratando de que no diese vueltas. Apoyé la cabeza en el respaldo y cerré los ojos un momento. Cuando los abrí, el Chico de la Moto había desaparecido. Se me ocurrió que aquel no era el sitio ideal para estar, si él no andaba por allí.

—Venga —le dije a Steve mientras lo sacudía—. Vámonos de aquí.

Salió tambaleándose conmigo. Estaba oscuro. Oscuro de verdad. No había luces, ni gente, y muy poco ruido. Era un poco fantasmal, como si hubiese cosas susurrando en la oscuridad.

—Voy a vomitar otra vez —dijo Steve.

Ya había vomitado dos veces más esa noche.

—Que no, tío —le dije—. No has bebido tanto.

—Lo que tú digas.

El aire de la noche lo estaba espabilando un poco. Miró alrededor.

—¿Dónde estamos? ¿Por dónde anda el mito viviente?

—Debe haberse largado.

Yo ya contaba con eso. Probablemente se había olvidado de que íbamos con él. Sentí que los pelos del cuello empezaban a ponérseme de punta, como si fuese un perro.

—¡Mierda! —dije—. ¿Dónde se ha metido todo el mundo?

Echamos a andar por la calle. No estaba seguro de dónde estábamos, pero me parecía que debíamos estar yendo hacia el río. Tengo un buen sentido de la orientación. Normalmente acertaba con la dirección que había que tomar.

—¿Por qué vamos andando por el medio de la calle? —me preguntó Steve después de un rato.

—Es más seguro.

Supongo que se creía que debíamos ir corriendo por la acera, cuando sabe Dios lo que nos estaba esperando en los portales. A veces, Steve era un auténtico gilipollas.

Siguió pareciéndome que veía algo moverse por el rabillo del ojo, pero cada vez que me daba la vuelta sólo había una sombra negra contra un portal o un callejón.

Empecé a meterme por los callejones para buscar un atajo.

—Creí que no íbamos a apartarnos de la calle —me susurró Steve.

No sé por qué susurraba, pero no era mala idea.

—Tengo prisa.

—Bueno, pues si tú tienes miedo, supongo que yo tendría que estar aterrorizado.

—No tengo miedo. Tener prisa no es lo mismo que tener miedo. No me gustan los sitios horribles. Eso no es tener miedo.

Steve dijo algo entre dientes, que sonó a algo así como: «Es exactamente lo mismo», pero no quería ponerme a discutir con él.

—Oye, afloja un poco, ¿vale? —me gritó.

Aflojé la marcha sin ningún problema. Me paré. Dos sombras vivientes salieron de las demás para cortarnos el paso. Una era blanca, la otra negra. La negra llevaba algo en la mano, con pinta de llave de tuercas. La verdad es que fue un alivio verlos. Casi me alegraba de ver a alguien.

—¡Dios mío! ¡Nos van a matar! —dijo Steve con voz cantarina.

Se quedó totalmente paralizado. No conté con que me echase una mano. Me limité a quedarme quieto, mientras calculaba distancias y contaba adversarios y armas, como me había enseñado el Chico de la Moto hacía la tira de tiempo, cuando todavía había bandas.

—¿Lleváis pasta? —dijo el blanco, como si no fuese a matarnos si la llevábamos.

Sabía que, aunque le pasásemos un millón de dólares, iban a currarnos igual. A veces, la gente sale sólo a matar.

—País progresista, movida antirracista —mascullÓ Steve.

Aluciné al ver que, al final, tenía cojones y todo. Pero seguía sin poder moverse.

Pensé en cantidad de cosas: en Patty, que se arrepentiría mucho de todo; y en Ryan, el entrenador, que se chulearía de que me conocía. Me imaginé a mi padre en el funeral diciendo: «¡Qué manera más rara de morir!», y a mi madre, que ni siquiera se enteraría en aquella casa del árbol en la que vivía con el artista. Pensé que a todo el mundo en *Benny's* le parecía cojonudo que yo cayese en combate, como algunos miembros de las viejas bandas. El último tío al que se lo habían cargado en una pelea había sido un Empaquetador. Tenía quince tacos. En aquellos tiempos un tío de quince nos parecía muy mayor. Ahora ya no me lo parecía tanto, porque yo no iba a poder cumplirlos.

Y como Steve había dicho algo, yo también tenía que decir algo, a pesar de que no se me ocurría nada más.

—¿Por qué no vais a joder a otra parte?

Y entonces me pasó una cosa muy curiosa; juro que es la pura verdad. No me acuerdo muy bien de lo que pasó después. Steve me contó que me di la vuelta y lo miré un momento, como si estuviese pensando en echar a correr. Entonces fue cuando el negro me dio en el coco. Juro por mis muertos que no sé por qué no fui más rápido; a lo mejor fue el alcohol. Pero lo siguiente de lo que me acuerdo es de que flotaba por el aire del callejón mientras los veía allá abajo a los tres. Era una sensación rara ésa de andar flotando por allí, sin sentir nada, como si estuviese viendo una película. Vi a Steve que se había quedado allá, como un buey listo para el sacrificio, y al blanco, que funcionaba como si estuviese muerto de aburrimiento. Y al negro, que se fijó en Steve de casualidad, y dijo:

—Te lo has cargado. Mejor será que te cargues a ése también.

Y en ese momento vi mi cuerpo allí tirado en el suelo del callejón. No fue para nada como cuando te miras al espejo. No puedo explicar cómo era.

De repente me pareció que subía flotando un poco más, y supe que tenía que volver a mi cuerpo, adonde yo pertenecía. Quería volver allí como nunca he querido otra cosa. Y entonces volví, porque me dolía más el coco que nada en toda mi vida, y aquel sitio olía a wáteres. No podía moverme, pero a pesar de eso seguía pensando que tenía que levantarme si no quería que matasen a Steve. Pero ni siquiera era capaz de abrir los ojos.

Oía ruidos de todas clases, palabrotas y porrazos, como si estuviesen aporreando a una gente hasta matarla; y a Steve gritando: «¡Lo han matado!» A pesar de que me alegraba de que siguiese vivo, me hubiera gustado que no gritara. Los ruidos me atravesaban la cabeza como cuchillos.

Alguien tiró de mí, y yo me quedé medio sentado, medio apoyándome en él.

—No está muerto.

Era el Chico de la Moto. Reconocería su voz en cualquier parte. Tenía una voz rara para alguien tan mayor como él; era un poco monótona, y también suave y fría.

—No está muerto —repitió, como sorprendido por alegrarse, más que por otra cosa. Como si no se le hubiese ocurrido nunca que me quería.

Se había echado hacia atrás, conmigo apoyado en su hombro, y oí encender una cerilla. Estaba fumando un pitillo, y yo quería otro, pero todavía no podía moverme. Una especie de sonido áspero, como de respiración, seguía raspándome los oídos, hasta que el Chico de la Moto dijo:

—¿Quieres dejar de llorar?

—¿Quieres irte a la mierda? —contestó Steve.

Todo estaba en silencio, sin contar con los ruidos de alguna calle lejana, las ratas que escarbaban por allí, y los gatos callejeros que se peleaban.

—¡Qué situación más rara! —dijo el Chico de la Moto, después de un silencio bien largo—. ¿Qué hago aquí sujetando a mi hermano medio muerto, rodeado de ladrillos, de cemento y de ratas por todas partes?

Steve no dijo nada, seguramente porque el Chico de la Moto no estaba hablando con él.

—Aunque supongo que aquí se está tan bien como en cualquier sitio. En California no había tantas paredes, pero, si estás acostumbrado a ellas, tanto aire te puede horrorizar.

El Chico de la Moto siguió hablando y hablando, pero yo no podía poner el coco en lo que estaba diciendo; no conseguía entender nada de nada. Era como pasar de tierra firme a una montaña rusa; cuando todavía estaba comiéndome el coco con una cosa, él ya se había pasado a otra.

—¡Quieres callarte! —gritó al final Steve; parecía más asustado que cuando creyó que iban a matarnos—. No quiero oírlo.

A lo mejor Steve había entendido las palabras; no tengo ni idea. Pero yo caché lo que se escondía detrás de ellas. Por alguna razón el Chico de la Moto estaba solo, más solo de lo que yo estaría nunca, y hasta de lo que yo era capaz de imaginarme. Vivía en una burbuja de cristal, y desde allí veía el mundo. Escucharle era casi como estar solo, y traté de pasar de aquella sensación. Moví la cabeza, y el dolor me dejó K.O.

Seguía hablando cuando volví a conectar. Nada había cambiado, estábamos todavía en el callejón, sólo que notaba que se estaba haciendo de día. Estaba helado. Nunca tengo frío. Estaba helado, tieso de frío, sin poder moverse, y trataba de escuchar la voz hueca del Chico de la Moto.

Estaba diciendo que nada le había alucinado tanto en toda su vida como que hubiera gente que anduviera en moto en pandilla.

Intenté decir algo, pero me salió un gruñido que pareció el de un perro al que le hubieran dado una patada.

—¿Estás vivo todavía, Rusty James? —dijo Steve.

—Sí.

Me dolía mogollón, tío. Preferiría que me rajasen veinte veces a que algo me volviese a doler así. Me senté derecho, y me quedé con la espalda apoyada contra la pared, viendo como las cosas se enfocaban y se desenfocaban.

El Chico de la Moto se sentó a mi lado. Ibamos casi iguales. Yo siempre heredaba su ropa cuando ya no le servía, pero nunca me quedaba como a él. Los dos llevábamos una camiseta blanca, una cazadora negra y vaqueros. Yo llevaba tenis, y él botas. Teníamos el pelo de un rojo que no le he visto a nadie más, y nuestros ojos eran iguales o, por lo menos, del mismo color.

Y aun así, la gente nunca pensaba que éramos hermanos.

—¿Qué pasó con los tíos que se nos echaron encima? —pregunté.

—Les cascó éste —dijo Steve; no parecía muy agradecido—. A uno le dio bien. El otro se escapó.

—Así se hace —dije.

Me dolía tanto el coco que no podía ver bien.

—Gracias —dijo el Chico de la Moto en plan educado.

—Esta vez vas a tener que ir al hospital —dijo Steve—. Lo digo en serio.

—¡Y una mierda! Cuando todavía había bandas...

—¿Por qué no cortas el rollo de una vez? —me gritó Steve, sin preocuparse de que sus chillidos me dejasen fuera de combate—. ¡Las movidas! ¡Las bandas! ¡Menuda mierda! ¡Aquello no valía nada, nada de lo que tú te crees! No eran más que un hatajo de tiraos que se dedicaban a matarse los unos a los otros.

—Tú de eso no sabes nada —susurré; no tenía fuerzas para más.

Steve se volvió hacia el Chico de la Moto.

—¡Cuéntale! Dile que no valía nada.

—Nada de nada —dijo el Chico de la Moto.

—¡Lo ves! —dijo Steve en plan triunfal— ¡lo ves!

—Tú eras el jefe —dije yo—. Tuviste que pensar que valía para algo.

—Al principio era divertido. Luego acabó siendo un coñazo. Conseguí que se respetase mi decisión de acabar con las bandas, porque todo el mundo sabía que yo opinaba que eran un coñazo. De todas formas, se iban a acabar. Había demasiada gente que se drogaba.

—No digas que era divertido —dijo Steve—. No lo era. No puedes decir eso.

—Estaba hablando de mí —dijo el Chico de la Moto—. Hay que reconocer que a muchos no se lo parecía. La mayoría se morían de miedo cuando había pelea. El terror ciego, en una pelea, puede pasar muy bien por valentía.

—Tenían su rollo —susurré; estaba tan cansado, tan mareado y hecho polvo que casi prefería morirme—. Me acuerdo de que tenían un rollo.

—Por lo visto, había muchos que opinaban lo mismo.

—Claro —me dijo Steve—, eres lo suficientemente estúpido como para habértelo pasado bien.

—Recuerda —dijo el Chico de la Moto— que la lealtad es su único vicio.

Después de unos cinco minutos de silencio el Chico de la Moto se puso a hablar otra vez.

—Parece ser que para muchas personas es esencial pertenecer a algo.

Eso era lo que me daba miedo, lo que le daba miedo a Steve, y lo que se lo daría a cualquiera que entrara en contacto directo con el Chico de la Moto. El no era de nada ni de nadie y, lo que es peor, no quería serlo.

—Me gustaría saber —dijo Steve a lo bestia— por qué nadie ha sacado un rifle y te ha volado la cabeza.

—Hasta las sociedades más primitivas sienten un respeto innato por los locos —contestó el Chico de la Moto.

—Quiero irme a casa —dije con la voz muy apagada.

El Chico de la Moto me ayudó a ponerme de pie. Me tambaleé un momento.

—Anímate, chaval —dijo mi hermano—. Volverán las pandillas cuando limpien las calles de droga. La gente seguirá tratando de juntarse. Verás volver las bandas. Si vives lo suficiente.

Nueve

Me dolía tanto el coco al día siguiente, que pensé que también podía irme a una clínica a que me viera un médico. El Chico de la Moto se había largado nada más dejarme en casa, y el viejo se había ido sobre las doce, así que tenía que ir a alguna parte.

La clínica era gratis; no había que pagar nada, ni siquiera dar tu verdadero nombre. Estaba llena de viejos y de mogollón de niños que lloriqueaban con sus mamás. Ya había estado allí cuando el viejo había tenido un ataque de delírium tremens. No le daban muy a menudo, no tan a menudo como se podría pensar.

Conseguí que me viese un médico cuando pasó una hora más o menos. Era un chaval. No puedo creerme que fuese médico de verdad. Creí que tenían que pasarse la vida estudiando.

—Me di un golpe en la cabeza.

—Creo que sí —me dijo él.

Me lavó esa parte de la cabeza con

una mierda que olía fatal y escocía la hostia. Luego me metió un termómetro en la boca y escuchó un rato mi corazón. No acababa de entender para qué iba a servirme todo aquello, pero me quedé allí sentado y no le di ninguna lata. Los médicos de ese sitio eran muy majos. Los que habían cuidado a mi padre eran buena gente. Me hubiera gustado saber que existía ese sitio cuando me rompí el tobillo. Habría ido allí en vez de al hospital. Odio los hospitales. Preferiría estar en el talego. No es que tuviese nada contra los médicos, sólo que me parecía una pérdida de tiempo ir a verlos. Pensé que a lo mejor esta vez podía conseguir algunas pastillas para el dolor.

—Tienes un poco de fiebre —me explicó—. Quiero que vayas al hospital para que te miren por rayos. Te has dado un buen golpe en la cabeza.

Me sonrió como si supiese que me lo había hecho en alguna pelea, como si estuviese tan acostumbrado a ver esas cosas que supiese que no iba a servir de nada soltarme un sermón.

—¡No! —dije.

—¿No, qué?

—No voy a ir al hospital. Sólo tiene que darme algo para que me deje de doler.

Y justo cuando acababa de decir eso, todo se volvió medio gris, y empezaron a zumbarme tanto los oídos que no podía oír nada, y tuve que agarrarme a la mesa para no caerme.

El médico me puso derecho y me dijo muy serio:

—Vas a ir al hospital, chaval.

Salió un momento de la habitación para coger unos papeles o algo así, y yo me largué de allí pitando. No entraba en mis planes ninguna visita al hospital. Ya había estado antes.

Mangué un tubo de aspirinas en una farmacia de camino a casa, me tomé unas siete, y empecé a encontrarme un poco mejor. Sabía donde podía conseguir unos sedantes que me pusieran de puta madre, pero el Chico de la Moto decía que también eran drogas. Siempre me quedaba la posibilidad de contarle que me los había recetado un médico, pero me parecía que no iba a colar. No quería correr ese riesgo. Después de lo que había pasado esa noche, estaba convencido de que era capaz de cortarme el cuello sin pensárselo dos veces. Pasé por delante de la casa de Steve, de paso para la mía. Sabía donde vivía, aunque no había ido nunca. Su padre tenía que estar trabajando, y su madre estaba en el hospital, así que pensé que no corría peligro.

Me vio llegar por la acera, porque estaba abriendo la puerta de rejilla cuando yo subía por las escaleras.

—¡Cielo santo! —dije cuando lo vi—. ¿Qué te ha pasado?

—Se suponía que anoche tenía que estar en casa a las diez —dijo en plan tajante—. Y llegué a las seis de la mañana.

—¿Te lo ha hecho tu padre?

No podía creerlo. He salido de muchas peleas con mejor pinta que él.

—Pasa —me dijo.

Nunca había estado en su casa. Estaba muy bien, tenía muebles y alfombras y cosas por los estantes. Estaba mejor que la casa de Patty, pero es que ella tenía aquellos chavalitos que no dejaban nada sano. Me senté en un sofá, tratando de no revolver nada. Cualquiera hubiera imaginado que estaría todo desordenado, si su madre llevaba tanto tiempo en el hospital.

—¿Te hizo eso tu padre? —pregunté otra vez.

Me pareció que a lo mejor me había perdido algo esa noche, y aquel par de tiraos le habían currado. Casi no me acordaba de lo que había pasado por la mañana, de vuelta a casa. Creía que podía haber sido en ese momento cuando mi memoria me había jugado una mala pasada.

—No se lo digas a nadie, ¿eh? —me dijo—. Voy a contar que me lo hice anoche al otro lado del río.

—Vale.

Me costaba imaginarme a nadie pegando a Steve, a nadie que no fuera yo, quiero decir. Me había costado la tira asegurarme de que nadie le cascase. Me cabreaba. Era amigo mío. Nadie tenía derecho a currarle así. ¿Qué más daba que llegase a casa a las diez o a las seis? El caso era que llegaba, ¿no? ¿Por qué se mosquea la gente con gilipolleces de ésas? Traté de imaginarme a mi padre pegándome, y no lo conseguí. Ni siquiera era capaz de imaginármelo diciéndome cuándo tenía que llegar a casa.

—No lo hizo aposta —dijo Steve.

Pero sólo estaba repitiendo algo que le habían dicho. Intenté imaginarme por qué Steve no estaba furioso porque le hubieran cascado de aquella manera. Si alguien me lo hubiera hecho a mí...

—Lo que lo sacó de quicio —estaba diciendo Steve— fue mi camiseta toda manchada de naranja. Supongo que aquella chica llevaba cantidad de maquillaje. Digo yo... Pero no me acuerdo de que fuese naranja.

Nos quedamos allí sentados un buen rato, sin decir nada.

—¿A qué has venido, Rusty James? —me preguntó Steve al final.

Abrí la boca y la cerré, intentando pensar en la mejor manera de decírselo.

—Steve, creo que sería mejor que siguiésemos al Chico de la Moto una temporada.

—¿Por qué?

No estaba preparado para esa pregunta. Sólo para convencerlo.

—Bueno —le contesté—. Simplemente me parece que deberíamos hacerlo.

La verdad es que ni yo mismo había pensado por qué. Sólo me parecía que era algo que había que hacer.

—Creo que podríamos vigilarlo una temporada. Nada más.

—No cuentes conmigo —dijo Steve.

—Tienes que ayudarme.

Me había sentido raro todo el día. Había empezado esa noche, cuando el Chico de la Moto me había dicho por qué me daba miedo estar solo. Tenía un poco la sensación de que nada era sólido, como si la calle fuese a inclinarse de repente y a tirarme a un lado. Sabía que eso no iba a pasar, pero era lo que sentía. Además, desde que me habían currado, lo veía todo muy raro, como si lo estuviese viendo a través de un cristal deforme. No me gustaba. No me gustaba un pijo. En toda mi vida, sólo había tenido que preocuparme de cosas reales, cosas que se podían tocar, a las que podías darles un puñetazo, o de las que podías escapar. Había tenido miedo más veces, pero siempre había sido de algo real: no tener pelas, o un tiazo con ganas de arrearte, o si el Chico de la Moto se habría ido para siempre. No me enrollaba esto de tenerle miedo a algo, y no saber exactamente lo que era. No podía luchar contra ello, si no sabía lo que era.

—No te voy a ayudar —dijo Steve otra vez.

—Sólo seguirle una temporadita.

No iba a volver a cruzar el río. Sólo se había venido esa noche porque yo se lo había pedido. Se quedaría por allí. No volveríamos a meternos en líos.

—Tengo que ir al instituto —dijo Steve.

—Pues queda conmigo después.

—No me necesitas.

—Sí te necesito.

—Propónselo a B. J. o al Ahumao.

—Se reirían de mí —empecé a decir, pero lo cambié por: Esos no saben de qué va. Quiero decir que piensan que el Chico de la Moto es cojonudo y tal, pero no lo conocen tan bien como tú y como yo.

—Lo que quieres decir es que no saben que está loco.

Pegué un bote, lo agarré por la camiseta y lo pegué contra la pared.

—¡No vuelvas a decir eso! —le grité; le di contra la pared para que se acordase bien—. ¿Me oyes?

—Sí.

Lo solté. De repente me quedé sin vista, y el dolor era como un ruido horrible dentro de mi cabeza. Casi me caigo contra la pared, mientras intentaba recuperar el aliento y la vista.

Cuando se me aclararon los ojos, vi a Steve allí de pie, con cara de preocupado. Movía los labios, pero no le oía nada. Entonces recuperé el oído.

—¿... tás bien? —me preguntaba.

Si hubiese sido cualquier otro, me habría reído, le habría quitado importancia, y me habría largado. Pero sólo se trataba de Steve, y lo conocía de toda la vida, y estaba demasiado hecho polvo como para fingir.

A lo mejor, por eso mi mejor amigo era Steve, en vez de B. J. No tenía que seguir siendo el más duro del barrio con Steve.

Me senté y metí la cabeza entre las manos. Hubo un momento en que se me hizo un nudo en la garganta, y de repente vi a Patty meneándose por la calle. Esa era la sensación que tenía, como de estar a punto de llorar.

—Steve —dije—, nunca te he pedido nada. Nunca he dejado que nadie te pegase, y nunca te he dado un sablazo. Te estoy pidiendo algo por primera vez.

—Pues no me lo pidas. Porque no lo voy a hacer.

No podía hablar. Si lo intentaba, me echaría a llorar. No me acordaba de haber llorado nunca. No se podía llorar si uno iba de duro.

—Rusty James —dijo Steve.

Ni siquiera miré. Parecía como que yo le daba pena, y no me apetecía verlo en ese plan, porque si no, le pegaría de todas formas.

—He tratado de ayudarte —me dijo—. Pero tengo que pensar un poco en mí mismo.

¿De qué estaba hablando?

—Eres como una bola de una máquina de ésas, que se da golpes contra todas partes; y nunca te piensas nada, ni adónde vas, ni cómo vas a llegar hasta allí. Tengo que pensar en mí. No puedo seguir pensando en ti también.

No entendía de qué iba la cosa. ¿Por qué toda la gente que me enrollaba hablaba de cosas tan raras? Sí que pensaba adónde iba. Quería ser como el Chico de la Moto. Quería ser tan duro como él, y no perder el control, y reírme cuando las cosas se pusieran peligrosas. Quería ser el más duro de todos los que montaban bronca por la calle, y el quinqui más respetado de este lado del río. Lo había intentado todo; hasta había intentado leer bien para ser como él. Y a pesar de todo, nada me había funcionado, pero eso no significaba que no fuese a funcionar nunca. No había nada malo en querer ser como el Chico de la Moto. Hasta Steve lo admiraba.

—A ti no te gusta el Chico de la Moto, ¿verdad, Steve? ¿Entonces por qué te parece un tío cojonudo?

Steve se sorprendió.

—Bueno —dijo despacio—, es la única persona que he conocido en mi vida que parece sacada de un libro. Por eso, y porque lo hace todo bien y esas cosas.

Aquello me hizo cantidad de gracia. Me reí y me levanté para irme. No iba a darle más el coñazo. Steve se acercó conmigo hasta la puerta.

—Sería mejor que fueses a que te viera un médico —me dijo.

—Ya he ido.

—Y también que te apartaras del Chico de la Moto. Si sigues con él mucho tiempo, vas a acabar no creyendo en nada.

—Me he pasado la vida con él, y me lo creo todo.

Steve me echó una especie de sonrisa.

—Tú te creerías cualquier cosa.

—Adiós.

—Rusty James —dijo, y lo dijo de verdad—, lo siento.

Esa fue la última vez que vi al viejo Steve.

Diez

Me pasé el resto del día en *Benny's*. Se podía ver casi toda la calle desde la mesa de delante. Si el Chico de la Moto pasaba por allí, lo vería.

Por la tarde, cuando se acabaron las clases, empezó a entrar la basca. No me apetecía jugar al billar, pero me hicieron corro cuando empecé a contarle a todo el mundo la nochecita que habíamos tenido. Me vino bien contarlo todo: lo de la fiesta y la película, y los bares y el billar, y las peleas a medias y las chicas que habíamos dejado escapar, y lo del atraco y cómo nos había salvadc el Chico de la Moto. Puede que lo adornase un poco. Un par de tipos me echaban miradas como de no creérselo todo. Pero tenía un chichón en la cabeza, del tamaño de media pelota de béisbol; y cuando viesen a Steve, me creerían de todas todas.

Me gustaba contar lo que me había pasado. Se me quitaba el miedo, como si todo fuese una película emocionante que hubiera visto.

Entró Patty. No solía venir por *Benny's,* sólo cuando su madre libraba. Nunca habíamos ido cuando salíamos juntos, porque no me gustaba que otros tíos la mirasen. Las chicas que andaban por *Benny's* eran tías duras; buenas chicas, claro, pero no exactamente como yo pensaba que era Patty.

—¿Andas buscándome? —le pregunté.

Parecía que quería hacer las paces conmigo. Bueno, pues se lo haría sudar un poquito, como ya lo había estado haciendo.

—No —me contestó descaradamente.

Le pilló una «Coca» a Benny, y se sentó en una mesa. Luego miró alrededor, como si estuviera buscando a alguien que no era yo.

Enseguida apareció El Ahumao, y se sentó a su lado. Se quedaron los dos sentados como si estuviesen esperando a que les pusiese una medalla. Todo el mundo se quedó callado, esperando que le hiciese atravesar el cristal al Ahumao y que le saltase los dientes a Patty. Reconozco que lo pensé. Pensé unas cuantas cosas, mientras veía una mala partida de billar. Los dos tíos que estaban jugando estaban tan nerviosos que no daban pie con bola.

—Ahumao —dije por fin—, ¿por qué no sales ahí afuera conmigo?

—No voy a pelear contigo, Rusty James.

—¿Se puede saber por qué piensas

que quiero pelea? Sal afuera un momento para que podamos hablar.

—No sería justo. No estás en condiciones de pelear.

—He dicho que no quiero bronca. Sólo charlar, ¿te enteras? Hablar. Comunicarnos...

Miró a Patty bastante despistado. Pero ella me estaba mirando a mí. Se le notaba que todavía me quería. Pero no iba a decírmelo nunca, igual que yo tampoco iba a decirle que la quería todavía. ¡Qué cosa más rara! El caso era que se había acabado, nos gustase o no.

—Muy bien —dijo El Ahumao.

Me siguió afuera y, nada más cerrarse la puerta detrás de nosotros, oí que todo el mundo empezaba a cotillear. Había un par de tíos subidos a los asientos, dispuestos a no perderse nada.

Cruzamos la calle y nos sentamos en unas escalerillas. El Ahumao encendió un pitillo y me ofreció uno. Estaba un poco tenso aún, como si creyera que iba a echarme encima de él en cualquier momento. Pero a la vez estaba tranquilo, como si pensase que iba a poder apañárselas si lo hacía. Me preguntó cómo no me cabreé.

—Dime una cosa, Ahumao. La otra noche, cuando fuimos al lago con tu primo, y estaban aquellas tías por allí, ¿lo planeaste con idea de ligarte a Patty? Quiero decir que si pensaste que esto era lo que iba a pasar: que Patty cortaría conmigo y tú ocuparías mi sitio, y a lo mejor te quedarías con ella mientras yo anduviese medio jodido después de esa pelea.

—Bueno —dijo despacio, en plan tranquilo—. Supongo que sí. Pensé un poco en eso.

—Muy elegante por tu parte. Yo no sería capaz de nada parecido.

—Ya lo sé —me reconoció—. Si todavía hubiera bandas por aquí, yo sería el jefe, y no tú, Rusty James.

Eso sí que no. Yo era el más duro del barrio. Lo sabía todo el mundo.

—Tú serías alférez o algo así. Podrías hacértelo una temporada, gracias a la fama del Chico de la Moto, pero tú no tienes su coco. Y hay que ser listo para controlar las cosas.

Suspiré. ¿Dónde estaba mi genio? Tenía poco, y encima parecía que no era capaz de sacarlo a relucir.

—Nadie saldría contigo a pelearse con otra pandilla —siguió diciendo—. Conseguirías que se los cargasen a todos. Y nadie quiere que lo maten.

—Supongo que no.

Nada era como yo había pensado. Siempre había creído que uno y uno eran dos. Si eras el más duro, eras el jefe. No entendía por qué había que complicar las cosas.

—¿Te enrolla Patty de verdad? —le pregunté.

—Sí. Aunque no fuese tu chica, me gustaría igual.

—Vale.

Volvió a entrar en *Benny's*. Ahora era el número uno. Si quería conservar mi buena fama, tendría que pelearme con él, estuviese en forma o no. El había contado con eso. Todo había cambiado.

Me quedé un rato allí sentado. B. J. Jackson pasó por delante, me vio, y se sentó. Me alegraba de verlo. El todavía no sabía que todo había cambiado. Aún podía hablar con él en el mismo plan de siempre. Cuando entrase en *Benny's,* sólo escucharía al Ahumao. Todo el mundo estaría pendiente del Ahumao. Era como si fuese la última vez que hablase de verdad con B. J.

—¿Sabes qué? —me dijo—. ¿Sabes quién sustituyó hoy a la profe de historia? Cassandra, la chica del Chico de la Moto.

—¿En serio?

Supongo que tenía razón cuando me dijo que no estaba enganchada.

—En serio. Se las hicimos pasar canutas, tío. Yo no haría una sustitución ni por un millón de dólares. Aunque la verdad es que se lo hizo bastante bien. Me quedé después de la clase, y me enrollé un rato con ella. Le dije que me sorprendía volver a verla, y ella me contestó que si me imaginaba que se había tirado desde un puente, o que se había metido una sobredosis en una terraza o algo parecido. Ah, y me pidió que te dijera una cosa: «Dile a Rusty James que la vida sigue, si la dejas.» ¿Sabes de qué va la cosa?

—No. Siempre andaba diciendo cosas raras. Estaba pirada.

—A mí siempre me pareció que tenía mucha clase —dijo B. J.

No sabía nada de mujeres.

—¿Has visto al Chico de la Moto por alguna parte? —le pregunté.

—Sí. Está en la pajarería.

—¿En la pajarería? ¿Y qué coño hace allí?

B. J. se encogió de hombros.

—Que yo sepa, estaba mirando los peces. Me enteré de que anoche les había currado a dos tipos, al otro lado del río.

—Les dio una buena paliza a esos dos lameculos que se nos echaron encima a Steve y a mí. Casi se los carga.

—Eso me contaron. Sería mejor que se anduviese con cuidado, Rusty James. Ya sabes que Patterson anda buscando una excusa para pillarle.

—Lleva años detrás de nosotros.

—Pues ya sabes que Patterson tiene fama de buen policía. Quiero decir que el Chico de la Moto es su único punto débil. Nunca ha tenido que tomarse la molestia de pelearse con los demás.

—Una vez me dio una paliza, y consiguió que me pasase un fin de semana en Protección de Menores.

Me imagino que Patterson era la única persona en este mundo que pensaba que yo me parecía al Chico de la Moto.

—De todas formas —seguí diciéndole—, nunca le ha dicho ni una palabra al Chico de la Moto. Nunca podrá pescarle en nada.

—Vamos a pillar una «Coca» —dijo B. J.

—No.

Se levantó y empezó a cruzar la calle.

—Venga, tío.

Le dije que no con la cabeza, y lo vi meterse en *Benny's*. Me daba igual no volver a entrar allí. Y tiene gracia, porque no volví a entrar.

Encontré al Chico de la Moto en la pajarería, como me había dicho B. J. Estaba arrimado al mostrador, viendo los peces. Había unos cuantos peces nuevos. No eran peces de colores normales. Yo nunca había visto peces así. Uno era morado, otro azul con las aletas y la cola rojas, otro rojo oscuro, y otro amarillo brillante. Todos tenían las aletas y la cola muy largas.

—¿Qué pasa, tío?

Ni siquiera me miró. Fingí que me interesaban los peces. La verdad es que eran muy bonitos y tal, para lo que puede ser un pez.

—¿Por qué tienen una pecera para cada uno? —le pregunté.

Nunca había visto peces tropicales separados de uno en uno.

—Son peces luchadores —dijo el Chico de la Moto—. Si pudiesen, se matarían los unos a los otros.

Miré al señor Dobson, que estaba detrás del mostrador; era un viejo muy majo, un poco loco por estar intentando sacar adelante la pajarería, cuando lo único que tenía era unos cuantos cachorros y unos cuantos gatitos esmirriados, y un loro que no podía vender porque le habíamos enseñado todas las palabrotas que sabíamos. Aquel loro podía ponerse a decir algunas frasecitas muy interesantes. El señor Dobson tenía pinta de preocupado. ¿Cuánto tiempo llevaría el Chico de la Moto allí, para que al señor Dobson le diese tanto miedo?

—Pues sí, Rusty James —me explicó—, son Luchadores de Siam. Tratan de matarse los unos a los otros. Si les pones un espejo contra la pecera, se matan luchando contra su propio reflejo.

—¡Qué chulada! —dije yo, aunque no me parecía tan chulo.

—¿Se portarán igual en el río? —siguió diciendo el Chico de la Moto.

—Los colores son muy bonitos —dije yo, tratando de seguir la conversación.

Nunca había visto al Chico de la Moto mirar tan fijamente algo. Me parecía que el señor Dobson iba a llamar a la pasma, si no lo sacaba pronto de allí.

—¿De verdad? —dijo—. Pues me da un poco de pena no poder ver los colores.

Era la primera vez que le oía decir que le daba pena algo.

—¡Oye! —le dije—. ¿Por qué no nos vamos otra vez de marcha esta noche? Puedo conseguir más vino. Y podemos ligarnos a unas cuantas tías, y pasárnoslo de puta madre, ¿vale?

Se había vuelto a quedar sordo, y no me oía. Aquella pajarería era horrible, con todos aquellos animalitos esperando que alguien se los llevase. Pero, de todas maneras, me quedé haciendo el gilipollas hasta que el señor Dobson dijo que iba a cerrar.

Al día siguiente era sábado, que, para él, era lo más parecido a un día movidito, así que cerró y dejó allí plantados a los animales. El Chico de la Moto se quedó fuera, viendo cómo cerraba el señor Dobson, hasta que bajó las persianas metálicas de los escaparates y de la puerta.

Y cuando por fin se echó a andar, lo seguí lo mejor que pude, a pesar de que ni siquiera volvió a fijarse en mí. Me pareció que era lo único que podía hacer.

Once

Nos fuimos a casa. El Chico de la Moto se sentó en el colchón y se puso a leer un libro. Me senté a su lado y me fumé un pitillo detrás de otro. El se quedó allí sentado, leyendo, y yo me quedé allí sentado, esperando. No sé qué es lo que estaba esperando. Unos tres años antes, un tío muy colocado de los Tigres de la Calle Tíber se había metido por el territorio de Los Empaquetadores, y lo había dejado hecho polvo, pero él había vuelto arrastrándose a su barrio. Me acordaba de haber estado esperando por allí, en un estado de tensión muy raro, como si hubiese visto un relámpago y estuviera esperando el trueno.

Esa había sido la noche de la última bronca, cuando se cargaron a Bill Braden de un golpe en la cabeza. A mí un Tigre me había pegado un buen tajo con un cuchillo de cocina, y el Chico de la Moto había mandado por lo menos a tres tíos al hospital, mientras se reía a carcajadas justo en el medio de aquel mogollón de gritos, palabrotas, gruñidos, y de basca peleándose.

Me había olvidado de eso. Quedarme allí sentado me hizo acordarme. Era mucho peor esperar que pelear.

—¿Los dos en casa otra vez?

El viejo entró por la puerta. Le gustaba hacer una paradita en casa, y cambiarse la camisa antes de hacer su ronda nocturna por los bares. Daba igual que al que llegaba estuviese tan asqueroso como del que había salido. Simplemente le enrollaba hacerlo.

—Quería preguntaros algo —dije.

—¿Qué?

—¿Mamá está loca?

El viejo se paró justo donde estaba, y se me quedó mirando. Nunca le había preguntado nada de ella.

—No. ¿Por qué pensaste semejante cosa?

—Bueno, se largó, ¿no?

Se sonrió un poco.

—El nuestro fue el típico ejemplo de matrimonio entre una atea y un predicador, que se cree que ha hecho un converso y, en cambio, acaba dudando de su propia fe.

—No me cuentes historias —le dije—. Nunca fuiste predicador.

—Fui practicante de la Ley.

—Di sí o no, ¿vale?

—No te creerás que una mujer tiene que estar loca para dejarme, ¿no?

Se quedó allí de pie sonriéndome,

traspasándome con la mirada como el Chico de la Moto. Era la primera vez que les encontraba algo parecido.

—Me casé con ella pensando que sentaba un precedente. Ella se casó conmigo por diversión, y cuando dejó de ser divertido, se largó.

Y la verdad es que fue la primera vez que anduve cerca de entender a mi padre. Era la primera vez que lo veía como a una persona, con un pasado que no tenía que ver conmigo. A uno ni se le ocurre pensar que los padres tuviesen ninguna clase de pasado, antes de que uno naciera.

—Russel James —siguió diciendo—, de vez en cuando en la vida, aparece una persona que tiene una visión del mundo distinta a la que tiene la gente corriente. Date cuenta de que estoy diciendo «corriente», no «normal». Y no es que les vuelva locos. Una percepción aguda no lo vuelve a uno loco. Y sin embargo, a veces te vuelve loco.

—Habla en cristiano —le supliqué—. Ya sabes que no entiendo esa mierda de lenguaje.

—Tu madre —me dijo muy claro— no está loca. Y en contra de lo que opine la gente, tu hermano tampoco. Lo que pasa es que no le han repartido un papel adecuado en esta obra. Hubiera sido un caballero perfecto en otro siglo, o un buen príncipe pagano en una época de héroes. Nació en la época equivocada, en el lado equivocado del río, pudiendo hacerlo todo muy bien, pero viendo que no hay nada que quiera hacer.

Miré al Chico de la Moto, a ver qué opinaba. No había oído ni una palabra.

Y además no tenía ninguna esperanza de que el viejo pudiese llegar a hablarme en cristiano. Tenía que preguntarle otra cosa.

—Creo que voy a ser igualito que él cuando sea mayor. ¿Tú cómo lo ves?

Mi padre se quedó mirándome un buen rato, más de lo que me había mirado nunca en su vida. Y aun así, parecía como si estuviese viendo al hijo de otro, y no a alguien que tuviera que ver con él.

—Más vale que no.

Hablaba con mucha pena.

—Pobre chaval. Pobrecito —decía.

Esa noche, el Chico de la Moto entró en la pajarería. Yo iba con él. No me lo pidió. Fui yo porque quise.

—Oye, si te hacen falta pelas, yo te las consigo —dije a la desesperada.

Sabía que no necesitaba la pasta. Lo que pasa es que no se me ocurrió por qué estaba haciendo aquello.

—De todas formas... —seguí hablando, intentando decir cualquier cosa que no me hiciese sentir aquel silencio de muerte—... si te hacen falta pelas, en las tiendas de vinos hay más.

Allí me quedé, subiendo y bajando la cremallera de mi cazadora, limpiándome el sudor de las manos en los vaqueros, mientras le veía forzar la cerradura de la puerta de atrás, con la sensación de que iba a pasar algo terrible.

—Oye —dije otra vez—, todo el mundo te ha visto andar hoy por aquí, como si estuvieses inspeccionando el sitio. Y tienen que haberte visto venir hacia acá a cientos. ¡Quieres hacerme caso!

Solté un gallo, igual que hacía un año, cuando me estaba cambiando la voz.

El Chico de la Moto acabó de forzar la cerradura, y entró directamente. Encendió la luz del almacén.

—¿Pero qué haces? —casi grito—. ¿Quieres que se entere todo el barrio?

Se quedó allí parado un momento, bañado por el resplandor de la luz. Estaba tranquilo, y tenía la cara tan rígida como una estatua. Veía algo que yo no era capaz de ver. Pero mi padre tenía razón, no estaba loco.

Vi cómo soltaba a todos los animales. Hice un movimiento como para pararlo, pero cambié de opinión, y me quedé mirándolo apoyado en el mostrador. No me quedó más remedio que apoyarme, me temblaban tanto las rodillas que casi no podía tenerme de pie. Tenía más miedo que en toda mi vida. Tenía tanto miedo que dejé caer la cabeza sobre el mostrador, y me puse a llorar por primera vez, que yo recuerde. Llorar duele la hostia.

Soltó a todos los animales, y ya iba

camino del río con los Luchadores de Siam, cuando oí la sirena. Estaba secándome los ojos y tratando de dejar de temblar. Corrí hasta la puerta. Me pareció que la calle estaba llena de sirenas rojas. Se oían portazos y gritos. Ya había echado a correr hacia el río cuando oí los disparos.

Dijeron que habían hecho un disparo de advertencia. ¿Cómo esperaban que lo oyera, si todo el mundo sabía que la mitad de las veces se quedaba sordo? El tipo que le disparó lo sabía. Yo iba lanzado cuando oí el primer disparo, y casi había llegado hasta el río cuando sonó el segundo. Así que estaba allí cuando le dieron la vuelta. Sonreía. Y los pececitos aleteaban y se morían a su lado, demasiado lejos del río todavía.

No me acuerdo de lo que pasó justo después. Sé que luego me pusieron contra el coche de la pasma y me cachearon. Me quedé mirando fijamente la luz roja. Había algo que no funcionaba, algo que no funcionaba para nada. Me daba miedo pensar qué era lo que no funcionaba, pero lo sabía de todas formas. Era gris. Se suponía que tenía que ser blanca y roja, y era gris. Miré alrededor. Habían desaparecido los colores. Todo era blanco, negro y gris. Y estaba tan silencioso como un cementerio.

Clavé la vista, lleno de espanto, en el corro de gente y en los coches de policía, mientras me preguntaba por qué había tanto silencio. No parecía que estuvieran en silencio. Era como ver la tele sin volumen.

—¿Me oye? —le grité al pasma que estaba a mi lado.

Estaba enrollado con su informe, y ni siquiera levantó la vista. No era capaz de oír mi propia voz. Intenté gritar y seguí sin oírme. Estaba solo, metido dentro de una burbuja de cristal, y todos los demás se habían quedado fuera. Y seguiría así de solo el resto de mi vida.

Luego fue como si la cabeza se me partiese en dos de dolor, y volvieron los colores. El ruido era bestial, y yo temblaba porque seguía solo.

—Será mejor que os llevéis a este chaval al hospital —le oí decir a un pasma—. Creo que le ha dado un shock o algo parecido.

—¡Y una mierda! —contestó alguien; reconocí la voz, era Patterson—. Seguramente estará drogado.

Más o menos en ese momento, estrellé los dos puños contra la ventanilla del coche, y me corté las muñecas con el cristal que quedaba, así que tuvieron que llevarme al hospital de todas formas.

Doce

—No volví nunca —estaba diciendo Steve—. ¿Y tú?

—Tampoco.

El sol pegaba contra la arena, y las olas no paraban de romper, una detrás de otra.

—Decidí que tenía que largarme de allí, y me largué —siguió diciendo Steve—. Eso fue lo que aprendí: que, si quieres llegar a alguna parte, sólo tienes que decidirlo, y trabajar como una bestia hasta el final. En esta vida, si quieres ir a algún lado, lo único que tienes que hacer es trabajar hasta conseguirlo.

—Claro —le dije—. No estaría mal, si se me ocurriese algún sitio adonde ir.

—Venga, vámonos al Sugar Shack. Te invito a una cerveza.

—Dejé de beber en el Reformatorio. Ya no me gusta.

—¿En serio? Mejor para ti. Recuerdo que me tenías preocupado. Me daba miedo que acabases como tu padre.

—Para nada.

—Bueno, podemos cenar juntos esta noche, y darles un buen repaso a los viejos tiempos. A veces me parece imposible haber llegado tan lejos.

Miré al mar. Me gustaba el mar. Por lo menos sabías que siempre iba a haber otra ola. Siempre había estado allí, y era más que probable que siguiese estando siempre. Me puse a escuchar el ruido de las olas, y me quedé un momento sin oír a Steve.

—...razón. Nunca me lo hubiera imaginado, pero es verdad. Aunque la forma de hablar es diferente. Tu voz es totalmente distinta. Me parece bien que no hayas vuelto nunca. Seguramente, a medio barrio le daría un ataque al corazón.

Volví a mirar a Steve. Era como ver el fantasma de alguien a quien conociste hace mucho tiempo. Cuando se echó a andar por la arena, se dio la vuelta, me hizo una seña con la mano y me gritó:

—¡Todavía no me lo puedo creer! Hasta luego.

Le dije adiós con la mano. No iba a verlo más. No iba a quedar con él para cenar, ni nada parecido. Pensé que, si no volvía a verlo, podría empezar a olvidarme otra vez. Pero me está llevando más tiempo del que me imaginaba.

ESTE LIBRO SE TERMINÓ DE IMPRIMIR EN LOS TALLERES GRÁFICOS DE UNIGRAF, S. L., MÓSTOLES (MADRID), EN EL MES DE NOVIEMBRE DE 2002.

SUSAN E. HINTON

Nació en Tucsa (Oklahoma-EE UU) en 1950.

Estudió sus primeros años en el Will Rogers High School de su ciudad natal. Muy pronto abandonó su carrera para casarse, pero se llevó los recuerdos y las vivencias de sus años de estudiante, para plasmar en sus obras personajes y conflictos de aquel ambiente.

Más tarde vino al sur de España, donde compró unas hectáreas de terreno. Pero cuando su marido obtiene una plaza de profesor en California, regresan a su país.

Susan E. Hinton es una de las autoras de más prestigio y calidad de la nueva narrativa norteamericana. Con sólo 16 años se lanzó a la fama con su obra *Rebeldes,* que sería traducida, inmediatamente, a muchos idiomas y llevada al cine por Francis Ford Coppola.

Seleccionado como el mejor libro dirigido a los jóvenes, *Rebeldes* ha sido galardonado también por los libreros de Estados Unidos.